不死王はスローライフを希望します

FUSHIOU WA SLOW LIFE WO KIBOU SHIMASU

5

小狐丸

Kogitsunemaru

ill. 高瀬コウ

登場人物紹介
MAIN CHARACTERS
シグムンド
本編の主人公。
最底辺の魔物・ゴーストから、
最強の吸血鬼・
不死王に進化する。
スローライフを志す。
ミル
エルフの少女。
母・ルノーラと共に
シグムンドに保護されている。
本名はミルーラ。
マロン
孤児のポーラが契約した
仔猫の従魔。

ギータ
古竜の眷属《けんぞく》である竜人。
真面目で強い。
ララ
エルフの少女。
いつも姉のミルと
一緒に遊んでいる。
本名はララーナ。
グリース
シスターのアーシアが契約した
仔犬の従魔。

一話　ポーラもペットが欲しい件

最弱の魔物であるゴーストから、この世界最強の存在である不死王《ふしおう》へと成り上がった俺――シグムンド。

深淵《しんえん》の森やそれに隣接する草原地帯といった、強者しか立ち入れない伝説の地に築いた拠点で、農業したりモノ作りしたり、ちょっかいかけてくる連中をプチッと潰したりと、仲間の眷属《けんぞく》たちと一緒に気ままにスローライフを楽しむ日々を送っている。

◇

先日俺の作った城塞都市を襲ってきた、テロリストとも呼べないネズミは残らず捕獲した。

俺なら跡形《あとかた》も残さず処理するのも簡単だが、魔王国《まおうこく》も襲われたので、勝手に処分するのもなぁ。

そう思って、なら魔王国の第二王子であるダーヴィッド君に処理を任せてしまえと、襲ってきた奴ら全員を、まとめて引き渡した。

ちなみに、全員死なない程度に回復させておいた。

なんで死にかけ状態になってたかというと、孤児のポーラちゃんが手加減せずにボコボコにしたからだ。

まあ、俺としては、ネズミどもが死のうが一ミリも気にしないんだが。

でも流石《さすが》にポーラちゃんたち孤児院の子供たちに残酷な経験をさせるのはマズイとの判断で、死なない程度に回復させたんだ。

そのネズミたちは現在、ダーヴィッド君が指揮を執《と》って、素性とか、いろいろな裏取り作業をしているところだ。

まあ、どうせ大した情報はないだろう。所詮《しょせん》はその程度の組織だ。

ただ、それだけに正体がよく分からず、面倒な奴らだとも言えるが。


こうして全部を魔王国に丸投げし、俺に仕えるメイドのリーファを連れて、城塞都市の中をブラブラと歩いていると、こちらに近付く小さな足音が聞こえてきた。

「お兄ちゃーん！」

そう言って俺の足にしがみついたのは、孤児のポーラちゃんだった。

俺が草原地帯に築いたこの城塞都市では、ポーラちゃんのような孤児たちの保護をしているんだ。

「おお、ポーラちゃんか。どうしたんだ？」

「ポーラたちどうだった？　悪い奴ら、エイッってしたんだよ！」

「ああ、すごかったよ。でも逃げれるなら、逃げることを優先するんだよ」

頭を撫《な》でて褒《ほ》めてあげながらも、一応そう言っておく。

相手がどれだけ強かろうが関係ない俺、リーファ、それに執事のセブールとは違い、ポーラちゃんたち孤児院の子供の強さは絶対じゃないからな。

「うん！　逃げる時は逃げるね。司祭様やアーシア先生、メルティー先生も、そう言ってた！」

「そう。ロダンさん、アーシアさん、メルティーさんの言う通りだ。ポーラちゃんたちも強くなったけど、まだまだ子供だからな」

ちなみにロダンさん、アーシアさん、メルティーさんたちは、この城塞都市にある教会で働いている、孤児院の運営スタッフでもある。

しかし、ここの孤児院の子供たちは素直だな。強くなったからと驕《おご》ることもない。

この素直さは、ロダンさんたちの育て方のお陰だろうな。

そう思いながら下を見たら、ポーラちゃんが俺の足にしがみつきながらモジモジして、何か言いたそうにしている。

リーファがポーラちゃんの様子に気付き、しゃがんで聞く。

「どうしたの、ポーラちゃん」

「……あのね。ポーラも、ミルちゃんとララちゃんみたいな猫《ねこ》さんが欲しいの」

返ってきたのはそんな答えだった。

ちなみにポーラの言う猫さんとは、ミルとララの従魔《じゅうま》であるシロとクロのことだ。

ポーラちゃんの友達であるミル、ララはエルフの姉妹で、母親のルノーラさんと一緒に、俺が保護している。

シロとクロは、もともとはただの猫だったが、今はグレートアサシンキャットというBランクの魔物に進化している。闇属性と風属性の魔法を使い、影に潜《ひそ》んで移動するスキルも持つ。

シロとクロは本当はまだ子供だが、サイズを変えて虎《とら》よりも大きくなれるので、ミルとララの騎《き》獣《じゅう》としても活躍している。

ポーラちゃんは、孤児院の子供の中でも特にミルとララと仲がいい。よくシロやクロにも乗せてもらってるので、従魔が羨《うらや》ましくなったのかな。

「そうか、猫か。悪くないな」

俺が呟《つぶや》くと、リーファとポーラちゃんが続く。

「犬でもいいかもしれないですね」

「ワンちゃん？」

孤児院の番猫か、番犬か……とにかく、俺が眷属にした従魔を子供たちのペットにするのはいい案だと感じた。

（流石の俺でも、四六時中この城塞都市を見守るのは無理だ。それを考えると、ポーラちゃんたちに従魔をつけるのはよさそうだな）

（はい。ご主人様の眷属にして鍛《きた》えてから子供たちにあげれば、万が一にも危険なことはないでしょう）

そう念話でリーファと話し、子供が喜びそうな従魔を用意することに決めた。

「よし、ならポーラちゃん。よさそうな猫と犬を探してくるよ」

「ほんと？　やったー！」

ポーラちゃんが、ぴょんぴょんと跳びはねて喜ぶ。

お、そんなに喜ぶなら、ちょっと張りきっちゃおうかな。

ポーラちゃんには、次に来る時までに探すからと約束し、俺とリーファは転移をし、孤児院から深淵の森の拠点へと移動した。

さて、従魔だが、どうするかな。

シロとクロのように、普通の獣《けもの》を従魔にするところからスタートするのか。それとも猫系、犬系の魔物を選ぶのか。

普通の獣である犬や猫から育てると、高い確率で新種の魔物に進化する。その面白さはあるが、どんな魔物になるのかはギャンブルになってしまう。

まあ、とはいえ、ある程度高いランクまで育てたら護衛としての強さは同じだけどな。

犬と猫、どっちがいいかな。

深淵の森では、猫系の魔物をたまに見る。まあ、猫といっても、豹《ひょう》や虎の魔物だけどな。けど、流石にポーラみたいな女の子に、豹や虎はどうなんだ？

なら、犬の方がいいか。

「リーファ、森に犬系の魔物はいたかな？」

「そうですね、あまり見映えのよくないのはいたと思いますが……」

「……いたな。ハイエナみたいなのが」

そうだった。深淵の森にいるのは、ハイエナを醜《みにく》くして、体に対しての頭の割合を大きくしたような、ペットには向かないやつだ。

流石にそれは可愛《かわい》くないので、セブールと相談して別のを探そう。

物知りのセブールなら、何かいい案があるだろう。


拠点の屋敷に戻った俺は、セブールに、ポーラちゃんがペットを欲しがっていることを話した。

「左様ですか。ポーラ嬢《じょう》は、ミル嬢、ララ嬢と仲がいいですから、シロとクロを見て羨ましいと思うのも仕方ないですな」

「そうなんだよ。でも、森の魔物でちょうどいいのって、いないだろ？」

「確かに、森の魔物は適当ではありませんな。城塞都市に訪れる人間がパニックになりそうです」

「……なるだろうな」

それもそうだよな。恐怖の象徴だった先代魔王ですら、外縁部にしか足を踏み入れられなかったのが深淵の森だ。そこに生息する魔物は、俺やセブールたちが弱いと感じるものでも、外の人間にすれば、出会ったら死ぬと考えられている。

「それで、従魔について相談なんだが、セブールなら適当な魔物を知っているんじゃないか？」

「……そうですな」

セブールが顎《あご》に手を当て、考え込む。

「シロやクロのように、普通の猫と犬から育てる案もいいかもしれませんな」

「深淵の森には、狼《おおかみ》系の魔物や猫科の魔物が多いのを知っているが、そいつらはシロやクロみたいにサイズの調整はできないだろう？」

「シロとクロは、旦那《だんな》様の眷属で、なおかつミル嬢とララ嬢が、常に共にあることを望んだ結果ですからな」

この世界の魔物で、シロやクロのように体を小さく変化させられる魔物は少ない。野生の魔物は、わざわざ小さくなって弱体化する意味がないからだ。

「野生の魔物でも、生まれて間もない個体を眷属にすれば魔物の本能は薄まるでしょうから、シロやクロのようにサイズを変える存在とするのは可能でしょう」

セブールにそう言われるが、それはちょっとな。

「でもそれだと、探すのが面倒そうだな」

「はい。探す手間はありますね」

俺の探知能力なら可能だろうけど、面倒なのは変わらない。

「そういえば、この世界にペット用の犬や猫を売っている場所はないのか？」

「多くはありませんがございます」

「あるんだ」

なんと、この世界にもペットショップがあるらしい。

「西方諸国連合の貴族や豪商などの裕福な者たちは、犬や猫を飼う者が多いのです。魔王国では、そういった者は多くありませんが」

「まあ、生きるので精一杯の農民は、ペットじゃなく家畜を飼うよな」

「はい。猟師が狩りの助けになる猟犬を飼うことはありますが、ペットではないですな」

そうなのか。この世界の過酷さを忘れてたな。

「とにかく、一度ペットショップを見に行ってみるか。セブール、頼める？」

「では伝手《つて》のある店に話を通しておきましょう。タイミングよく仔犬や仔猫がいればいいのですが」

「まあ、それは行ってからのお楽しみかな」

こうして早速《さっそく》やってきたのは、ペットを扱う商会のある街。深淵の森の西側を遮《さえぎ》る山脈に近い、辺境の街だ。

（なぁ、セブール。ここって……）

（はい。オイフェス王国の辺境、冒険者の街とも呼ばれるボトックですな）

（イヤイヤイヤ、ボルクスさんのいる街じゃないか）

ちなみにボルクスさんというのは、冒険者として出稼ぎをしているミルとララの父親だ。

俺がこそこそとセブールと念話で会話しているのには理由がある。今日は、俺、セブール、リーファの三人だけじゃないんだ。

「わぁー！　人がいっぱいだね！」

「いろんな種族の人がいるよ！」

「でもポーラたちのお家の方がキレイだよ」

「みんな手を離さないでね」

「ほら、ミルもララもはしゃがないの」

ミル、ララ、ポーラちゃん、アーシアさん、ルーミアさんも一緒なんだ。

実際に従魔契約するのは、ポーラちゃん、アーシアさんの予定だ。だから、本人が選んだ方がいいと思ったんだ。

契約する本人の感覚は従魔契約には大事だ。相性が悪すぎると、最悪契約に失敗する場合もあるらしい。

しかしそんなことより、ボルクスさんに出くわしたらマズイな。ボルクスさんがハーレムパーティーを作ってるのがバレちゃうぞ。

まあ、女性たちはあくまでパーティーメンバーで、男女の仲じゃないみたいだが、父親が女ばかりのパーティーの一員だと、ミルとララに知られたくないだろう。少なくとも、俺が父親なら嫌だ。

（ちょうどボルクス殿たちのパーティーは、依頼で街を離れているみたいですが、日帰りの依頼なら鉢合《はちあ》わせする可能性もございますな）

（ヤタ！　ヤタ！）

セブールに言われ、俺は慌てて鴉《からす》の魔物、ヤタを呼んで偵察《ていさつ》に行ってもらった。

こんなところでボルクスさんとエンカウントしたら困る。

「お兄ちゃん！　ペットはどこ？」

我慢できなくなったポーラちゃんに催促された。

「あ、ああ。商店に行こうか。セブール、案内頼む」

「畏《かしこ》まりました。こちらでございます」

うーん、何もないといいんだがなぁ。

しばらく歩き、目的のペットショップに着く。

セブールの紹介だけあり、しっかりとした店構えだった。

「これはこれはセブール様。お久しぶりでございます」

「こちらこそご無沙汰《ぶさた》ですな。ポルト殿」

俺たちを出迎えたのは、この商会の主人だった。ポルトという名前らしいな。

背は低めで恰幅《かっぷく》がよく、チョビ髭《ひげ》が顔に柔らかな印象を与えている。

「こちらが今私が仕えているシグムンド様です」

「おお、それはそれは……私はポルトと申します」

「ああ、シグムンドだ。今日はすまないな」

セブールに紹介され、ポルトさんと俺で挨拶を交わす。

その後、改めて見まわすと店は広く、内装も豪華で品がいい。流石お金持ち相手の商売だけあるな。

ミルやララ、ポーラちゃんも珍しいのか、キョロキョロと落ち着かない。

「どうぞ、案内いたします」

「ああ、頼む。仔犬と仔猫が欲しくてさ」

ポルトの先導で、まず仔猫がいる部屋に向かう。

その部屋は、前世のペットショップと非常に似た作りになっていて、この世界では高価なガラスが使われ、ショーケースの仔猫の様子がよく見えるようになっている。

「「「うわぁー！　猫ちゃんだー！」」」

ミル、ララ、ポーラちゃんが興奮して駆けだし、ガラスに張りついて仔猫を夢中で見ている。

孤児院や教会を守るなら、自由で気まぐれな気質の猫よりも、犬系がいいと思う。だから犬はアーシアさんに従魔契約してもらおう。

「アーシアさん。犬はアーシアさんと契約してもらうつもりなのですが、猫を選び終えた後で、相性のよさそうな子がいるか見てもらえますか？」

「は、はい。任せてください！」

俺がそう言うと、アーシアさんも嬉しそうにしていた。

俺も猫のショーケースを見てまわる。

今ここにいるペットは、十匹ほど。貴族や裕福な商人が顧客だからか、どの子も最低限の躾《しつけ》はしてあるらしい。

「わぁ！　この子、可愛い！」

「ほんとだね！」

「茶色い毛だね」

ポーラちゃんがガラスに張りついたまま声を上げる。ミルとララも、白い毛のシロ、黒い毛のクロとはまた違った毛色の猫を見て楽しそうだ。

三人が見ているのは、仔猫が集められたショーケースにいる、淡い茶色の毛色の仔猫。姿はサイベリアンに近い。女の子みたいだ。

「お兄ちゃん！　ポーラ、この子がいい！」

そうポーラちゃんがおねだりしてくる。

「じゃあ、この子にしようか」

「ヤッタァー！」

「よかったね、ポーラちゃん！」

跳びはねるポーラちゃんに、ミルも嬉しそうだ。

俺がセブールに目配せすると、セブールが店主に一匹目はあの子に決めたと告げ、飼う時の注意事項を説明してもらった。


「では、次は仔犬の部屋へ案内いたします」

次に案内された仔犬の部屋は、仔猫の部屋よりも広く、多くの仔犬が陳列されていた。

この世界では、基本的に動物の外飼いはありえないらしい。お金持ち以外が犬猫を飼うことがないため、専用の建物の中で飼育し、室内で飼われることがほとんどみたいだ。

そうなると小型犬が多いのかと思うが、そうでもなく、中型犬や大型犬の仔犬もいる。

「アーシアさんの好みで決めてください」

「はい。頑張ります」

張りきって一頭一頭、慎重に見ていくアーシアさん。時々店主に仔犬の性格まで聞いて検討している。

　まあ仔犬の性格も、普通なら選ぶ時に重要になるが、今回ばかりはあまり気にしなくてもいい。

　性格のいい仔犬に越したことはないが、俺が眷属にして、パワーレベリングでレベルを上げ、何度か進化させればとても賢くなるからな。

　その上で、ポーラちゃんとアーシアさんが従魔契約すれば何も問題ない。

　それに孤児院なら教会の人たちや子供たちによって、愛情たっぷりに育てられるだろうから、すくすくといい子に育ってくれるだろう。


　そして、数十分後。

　アーシアさんが選んだのは、少し毛が長めの仔犬。毛色はグレー。

　ショーケースにかけてあった親の姿絵を見るに、姿はアイリッシュ・ウルフハウンドに似てる気がする。どう見ても大型犬だ。

　アーシアさんが抱いて撫でてる仔犬を見ても、その足の太さが「大きくなるゼェ！」と主張してるかのようだ。

　成犬の大きさをポルトさんに聞くと、俺が知るアイリッシュ・ウルフハウンドよりもひと回り大きいみたいだ。

　前世基準で言えばめちゃデカイんだが、この世界には狼系の魔物はもっとデカイのがいるし、俺の眷属で熊系の魔物である、グレートタイラントアシュラベアのアスラはアフリカ象よりもデカイ。

なら犬の大きさがこんなでも、この世界の人は驚かないんだろうな。しかも、飼うのがお金持ちだから、広い敷地の豪邸であれば気にしないというところか。

さて、支払いを済ませて帰るか。とにかく、ボルクスさんと鉢合わせしないようにしないとな。

◇

一方その頃、ボルクスたちはというと、ボトックの街のトップパーティーである彼らは、近場の森の中で、フォレストウルフの討伐という依頼をこなしていた。

ラッキーなことに、早々にフォレストウルフに遭遇して討伐し、拠点としているボトックの街へと戻る。

ボトックの街に着いた瞬間、ボルクスの視界に黒い大型の鴉が飛び込んできた。

ボルクスの心臓がドキリととび跳ねる。

というのも、それがシグムンドの従魔で、たびたびボルクスも世話になっているヤタだと分かったからだ。

人間とも流暢《りゅうちょう》に会話する知能を持つ、高位の魔物のヤタ。

ヤタは、隠密《おんみつ》系の能力が優秀なので、ヤタが隠密をやめて存在を把握できるようにしてくれないと、ボルクスには見つけることもできない。

そのヤタがボルクスに姿を見せたということは、彼に何か用があるということだ。

ボルクスはパーティーメンバーのうち、人族で神官のセレナに頼む。

「セレナ、ギルドへの報告を頼んでもいいかな？」

「えっ？　急にどうしたんです？」

「ちょっと用事を思い出したんだ」

「そうなんですね、それは構いませんけど」

セレナは慌てたようなボルクスの様子に、首を傾《かし》げながらも了承する。

「ボルクスさん、打ち上げは？」

「そうだよ。打ち上げには来るんだよね」

人族の魔法使いのマールと獣人族の軽戦士ミルケが言う。二人が述べているのは、討伐依頼をこなした後の打ち上げのことだ。

「あ、ああ、いつもの店だな。用が終わったら行くよ」

ボルクスは手を振って、パーティーメンバーのセレナたちと別れた。そしてヤタと合流しようと、大通りを外れる。

早足に路地裏に向かったボルクスに、物陰から声が掛けられる。

「ボルクスの旦那。こっちだ。こっち」

ボルクスが足を止めると、物陰から黒い大型の鴉、ヤタが現れる。

「ヤタ。何か緊急の用事なのか？」

「用事というか忠告だな」

「忠告……」

ヤタの言葉を聞き、ボルクスに緊張が走る。

「ああ、ちょうど今、うちのマスターがこの街に来ているんだ」

「へぇ、シグムンド殿が？　ボトックは冒険者の街だぞ。シグムンド殿には縁《えん》がなさそうなんだが……」

ボルクスは、ヤタの話に首を傾げる。

ボトックの街は小さくはないが、辺境だ。

最近は、商売が盛《さか》んになってきた草原地帯と魔王国を繋《つな》ぐ交易ルート上にあるため、景気がいい。

だが変わった特産品は特になく、観光できるような場所もない。

「孤児院の子供に猫と犬を買いに来たんだ」

ヤタに説明され、納得するボルクス。

「ああ、金持ち向けのペットショップがあったな」

シグムンドが、ボトックに来た理由は分かった。だがボルクスには、それでもわざわざヤタが、ボルクスにシグムンドの来訪を伝える理由がよく分からない。

「ボルクスの旦那、ピンと来てないようだから、今日来ているメンバーを言うぞ。マスターはもちろん、孤児院の子供が一人、その孤児院にいるシスターが一人、セブールの旦那、リーファの姐《ねえ》さん、そしてルノーラの姐さんに、ミルとララの嬢ちゃんだ」

「⁉」

自分の妻と子供たちの名前が出て、ボルクスは雷に打たれたような衝撃を受ける。

ぐるぐると頭の中で考えが浮かび消える。

「子供たちは、ここが私の拠点としている街だと知っているのか？」

「いや、ここまでマスターの転移で一瞬だったからな。ミルとララの嬢ちゃんは、ここがどこの国で、なんという街かも知らないはずだ」

「な、なら、私に会いに来ることはないな」

ハーレムパーティーのことが後ろめたいボルクスは、子供たちに遭遇する可能性が低いと知り、ホッとした顔を見せる。

「ただ、あまり距離が近くなると、ミルやララの魔力の探知範囲に引っかかるぞ」

「なっ⁉」

ヤタに言われ、いろいろな意味でパニックになるボルクス。ミルとララがそんな探知能力を身につけているなど聞いていていない。

「まぁ落ち着けよ、ボルクスの旦那」

ヤタがボルクスを宥《なだ》めた。

「大体、ミルとララの嬢ちゃんが住んでるのは深淵の森だぞ？　常にシロとクロが守っているとはいえ、本人たちに探知能力くらい、あった方がいいに決まってるからな」

「シロとクロ……」

しばらく考えたボルクスは、思い出したように言う。

「ああ。あのサイズが大きくなるおかしな猫か」

「ああ、おかしなは余計だけどよ。とにかくシロとクロなら、深淵の森の魔物相手でも負けることはないからな」

「なっ!?　そんなに強いのか……いや、ミル、ララ、ルノーラ、それにシグムンド殿は、深淵の森を拠点に暮らしているのだものな。従魔がそのくらい強くても、当たり前か」

ボルクスは以前、シロとクロに会っている。だが猫サイズから大型の虎をはるかに超えるサイズまで変化する魔物など聞いたことがなく、口をあんぐりと開けるしかなかった。

とはいえ、シグムンドの眷属ならそれくらいなんでもありな気もするという、納得感もあったが。

「とにかくだ、ボルクスの旦那。今はそんなことより、ミルとララと嬢ちゃんのことだ」

「お、おう。そうだったな」

ヤタに言われ、慌てて真面目な顔をするボルクス。

「で、どうする？　会っておくか？　会わないんならミルとララ嬢の探知範囲に入らないよう、自分で気を付けるんだな」

「なあヤタ、冒険者ギルドの位置なら大丈夫か？」

ボルクスはヤタに確認した。セレナたちに冒険者ギルドへの報告を頼んであるが、自分も顔を出して、受付でギルドカードをチェックしてもらう必要がある。

「冒険者ギルドの位置なら、ペットショップとはかなり距離があるから平気だよな？」

不安げなボルクス。

荒《あら》くれ者が集《つど》う冒険者ギルドと、貴族や豪商などの裕福な人向けのペットショップなので、建っている場所は当然ながら離れている。

冒険者ギルドは、ボトックの街の東側の、魔物が多く生息する地域に近い門の側《そば》にある。だが、ペットショップは、街の中心にある貴族街の外れにある。

それを考慮してヤタが答える。

「うーん。冒険者ギルドなら多分大丈夫だと思うぞ。探知には引っかからないだろ」

ボルクスはホッと胸を撫でおろす。

「そ、そうか。ミルとララには、また城塞都市への護衛依頼を受けた時に会うよ。その時はよろしく頼む」

「まぁ、オレはどうでもいいんだけどな」

「じゃあ、私は行くからな」

そうヤタに言って、なるべく気配を消して駆けだすボルクス。もともと森の民であるエルフだけあり、気配を消すといった最低限の戦闘技能は持っているのだ。

「……ミルとララ嬢の探知範囲には入らないだろうけど、ルノーラの姐さんの探知にかからないかは分からないんだけどなぁ」

ボルクスがいなくなり、ヤタはボソリと呟く。

「しかも、ルノーラの姐さんにはパルがいるのに、ボルクスの旦那は知らないんだろうなぁ」

そう言って上を見るヤタ。

そこには僅《わず》かな羽音も立てず旋回《せんかい》し街の様子を窺《うかが》っている、ルノーラの従魔の黒い梟《ふくろう》の魔物、グレートシャドウオウルのパルが飛んでいる。

パルにはボルクスの挙動が丸分かりなのに、それに気付かないボルクスであった。

二話　ボチボチ育成

俺――シグムンドは、ボトックの街で仔猫と仔犬を購入し、転移で城塞都市へと戻った。
ボルクスさんがコソコソしてたのは、ヤタから報告があったので知っている。

会うタイミングってあるよな。うん、分かるよ。

買ってきたサイベリアンっぽい仔猫とアイリッシュウルフハウンドっぽい仔犬は、今日から孤児院で暮らすことになっている。

すでに俺の眷属にしてあるが、従魔契約はまだだ。

というのも、ポーラちゃんとアーシアさんが、名前で悩んでいるから。従魔契約には名付けが必要だからな。

仔猫と仔犬は、すでに俺の眷属になっているので、普通の仔猫や仔犬とは比べものにならないくらい強く賢い。これでただの動物から、より強い魔物に進化させられる下地ができた。

本当は、あまり魔物のランクが上がりすぎると、従魔契約の時に契約者が消費する魔力が大きくなってしまう。

だが、ここでポーラちゃんやアーシアさんたちに施した、パワーレベリングが効いてくる。今のポーラちゃんとアーシアさんなら、Aランクくらいの魔物までなら余裕で契約できるだろう。

で、今度は、仔犬と仔猫もパワーレベリングだ。

このパワーレベリングなのだが、ポーラちゃんが一緒に行きたいとねだってきた。

「ねぇ、お兄ちゃんお願い……」

まあ、自分のペットだし気持ちは分かる。

「ポーラちゃんは、ミルが守るよ！」

「うん。ララも守る！」

ミルとララからもお願いされると、ダメとは言えないよなぁ。

「……仕方ないか」

「はい。私たちで守れば、万が一にも危険なことはありませんよ」

「そうだな」

リーファも大丈夫だと言っているので断れないな。

世の中の人間たちのみならず、魔族や魔王までもが死地だと認識している深淵の森だが、ここに暮らしている俺たちにとっては、なんでもない場所だ。

誰彼なしに襲いかかる虫系の魔物でも、俺、セブール、リーファ相手では、傷をつけるのも難しい。

ミルやララの従魔であるシロやクロは、流石にまだその域には達していない。

だがそれでも、俺の眷属で厄災級とされているアスラくらいの魔物相手じゃなければ、簡単に負けない強さがあるしな。

「じゃあ、みんなで行こうか。パワーレベリング」

「「わぁーい！　お兄ちゃん、ありがとう！」」

俺が言うと、ぴょんぴょん跳びはねて喜ぶミル、ララ、そしてポーラちゃん。

「アーシアさんに許可を取ってくるか」

俺が呟くとリーファがすかさず言う。

「そうですね。というより、どうせならアーシアさんも誘いますか？　仔犬と契約するのはアーシアさんなんですから」

「そうだな。誘ってみるか」

教会へ行き、アーシアさんにも話をした。

アーシアさんはポーラのわがままを謝りながらも、自分も仔犬のパワーレベリングを見守りたかったようで、二つ返事で同行すると言い、準備をしに教会の奥へと早足で消えた。

「アーシアさんも、行きたかったんだな」

その背中を見ていると、リーファが言う。

「それはそうでしょう。ペットショップから仔犬にデレデレでしたもの」

まあ、自分が主人のペットだもんな。人に預けっぱなしよりかは、自分の目で訓練を見ていたいよな。


そしていつもの深淵の森に移動した俺たち。

俺、セブール、リーファで、ポーラちゃんを護衛しながら適当な魔物を捕獲する。ちなみに深淵の森の拠点からは、俺の眷属のスプリームゴーレムのクグノチに、人間の女性そっくりのリビングドールであるノワールも来ている。

ポーラちゃんはミルとララと一緒で、シロとクロの背に乗って待機している。

アーシアさんは武器を構え、仔犬を守ろうと周囲を探っている。

「最初はこの辺かな」

俺の足元から、闇魔法の影が森の奥へと延び、見つけた魔物に巻きつく。

そして影で縛《しば》った状態のまま、闇魔法で魔物を麻痺《まひ》させ引き寄せる。

「これはランページラクーンですな。深淵の森ではありふれた魔物ですが、普通であれば出没すると街が滅ぶレベルです」

俺が闇魔法で森から引っ張ってきた魔物を見て、そう言うセブール。

「ふーん。こんなのがねぇ」

ランページラクーンという魔物の見た目は、子牛サイズのタヌキ。牙《きば》や爪《つめ》の長さと鋭さがタヌキには見えないが、この森の魔物なんだからこんなものか。

「とりあえず仔猫と仔犬に、こいつを攻撃させるか」

「はい。その後、加減が難しいですが、我々がギリギリまでランページラクーンの体力を削《けず》って、仔猫と仔犬にトドメを刺させれば、一番効率的なレベリングになりますな」

「まぁその加減が難しいんだけど、やってみるか」

セブールが言ったような方法でパワーレベリングしてみることにして、まず、ポーラちゃんとアーシアさんに、仔猫と仔犬に指示を出してもらい、二匹にランページラクーンを攻撃させた。

ランページラクーンは深淵の森の魔物なので、当然ながら、普通の動物の子からの攻撃では傷一つつかない。

だが、これでも攻撃したという判定になるので、レベリングのための経験値が入るようになるんだ。

「じゃあ、俺が仕留めるか」

ギリギリまで体力を削っても、レベルアップ前の仔猫と仔犬にトドメは無理なので、一匹目を仕留めようとすると……

「お兄ちゃん、ミルたちがする！」

「任せて！」

ミル、ララが手を上げてアピールした。

その後ろではポーラちゃんも張りきった顔だ。

「そうだな。じゃあ、ミル、ララ、ポーラちゃんでトドメを頼もうか」

俺たちが倒しても、自分のレベリングの足しになるレベルの魔物ではないから当然了承する。

そしてパワーレベリング済みの三人の幼女なら、俺のサポートなしでもこの程度の魔物なら倒せる。俺が闇魔法の影で縛り、麻痺させた状態ならなおさらだ。

「いくよ！」

「「エイッ！」」

ミルのかけ声で、ランページラクーンにトドメを刺すララ、ポーラちゃん。

「「!?」」

直後、仔犬と仔猫が驚いた反応を見せる。

今ので経験値が入ったらしく、急激にレベルアップしたせいか、仔猫と仔犬は苦しそうにしているな。

ポーラちゃんとアーシアさんが心配そうに抱きしめている。だが、これはパワーレベリングではみんな通る道なので我慢するしかない。

この仔猫と仔犬もしばらくしたら、すぐに自力でトドメを刺すことができるようになるだろう。そうなるとパワーレベリングの効率がグンと上がる。

さあ、今日中に一度くらい進化できるかな。

◇

こうして数日経ち、仔猫と仔犬は順調にレベルアップと進化を繰り返して、シロとクロと同等の強さの魔物へ至った。加えて、俺がそう望んだからか、シロやクロと同じく大きさを自在に変化させれるようになっている。

ポーラちゃんは仔猫にマロンと名付けた。毛色が淡い茶色だからかな。

アーシアさんは仔犬にグリースと名付け、契約した。

大きくなったマロンは、サイベリアンをライオンよりも二まわり大きくした感じだ。もとが猫な点は同じだが、大きくなると虎や豹に近い感じの姿になるシロやクロとは、違う進化となったみたいだな。

また、大きくなったグリースは、巨大な狼という感じじゃなく、大きなアイリッシュウルフハウンドって見た目になった。

ちなみに小さくなった状態の姿が仔猫と仔犬なのは、マロンとグリースが大人になっても変わらないようだ。この辺りは、孤児院の子供たちと暮らすなら、その方がいいとの思いが進化に影響したのかもしれないな。

ところで、俺はマロン、グリースの進化が嬉しかったが、リーファとセブールは動揺している。

「セブールお祖父《じい》様、マロンとグリースの進化後の姿ですが、街一つ壊滅する災害種ではないでしょうか？」

「そうですな。魔王国だけでなく、西方諸国でも似たような認識をされるでしょうな」

「そんな魔物が番犬……」

どうやら調子に乗って、パワーレベリングをやりすぎたらしい。まあ、俺としては強くて従順なら問題ないけどな。

あ、ちなみにだが、リーファはセブールの孫娘だ。

「まあまあ、セブールもリーファも気にしすぎだ。俺の眷属という時点で何かに危害を加える事故が起こる可能性は皆無《かいむ》だし、賢くなったから意思の疎通《そつう》もできるし、いいこと尽くめだと思わないか？」

俺が言うと、顔を見合わせるセブールとリーファ。

「……そうですな。そう思うしかありませんか」

「お祖父様、諦《あきら》めてはダメです！　マロンはまだいいです。ですがグリースが大きくなった姿、もうオルトロスじゃないですか」

そう。グリースはなぜか大きくなった状態だと、双頭《そうとう》になっているんだよな。

進化して体が大きくなるのはシロやクロで見てたが、頭が二つになるとは流石の俺も驚いた。

「グリースは、鍛えればもっと強くなりそうですな」

「お祖父様！」

「リーファ、諦めなさい。旦那様からすれば、このくらいの変化は誤差の範囲です」

そんな会話をするセブールとリーファ。

ちなみにセブールによると、オルトロスはAランク上位の世間的にはかなり凶悪な魔物らしい。

とはいえグリースはオルトロスじゃなく、レッサーオルトロスの特異種なので、Bランクの中位くらいの実力。深淵の森の深層を一匹で歩かせるには、まだ不安な状態だな。

しかし、孤児院の子供たちがグリースの大きくなった姿を見て怯《おび》えないか心配だったが、幸いにも怖がることもなく仲良くしているのでよかった。

なら、弱いよりは強い方がいいだろう。俺の眷属になった時点で、進化は約束されたようなものだしな。

「将来的にはSクラスの魔物の番犬ですか……まあ、それでもアスラやクグノチに比べれば、可愛いものですか」

「お祖父様……でも、そうですね。ここには古竜のオオ爺《じじ》サマもいますから」

ブツブツ言っているセブールとリーファ。二人とも、アスラやクグノチと比べれば、グリースやマロンなど大したことないと思うようにしたみたいだ。

創造神《そうぞうしん》が創世の時代に創《つく》った世界を守る古竜《こりゅう》、オオ爺サマという存在からしてみれば、グリースやマロンがちょっと変わってても、その存在くらい誤差の範囲内だよな。

「そういえば、オオ爺サマは人化の術を練習なされているようですよ」

リーファがそう話題を振ってきた。

「へぇー、それはいいな。あの巨体であの魔力だから、人のサイズへの変化は難しいだろうけど、オオ爺サマならすぐにマスターするんじゃないかな」

人化の術についてだが、それはそうなるだろうなと共感できた。

城塞都市の外で過ごしているオオ爺サマのところには、孤児院の子供たちがよく遊びに行くし、俺たちも時々顔を出して、世間話をしている。

そうなるとオオ爺サマが人間の暮らしに興味を持つのは、自然な流れだと思う。

「じゃあ、それに備えて、城塞都市の中にオオ爺サマ用の屋敷を用意しておくか」

俺の言葉に続いて、セブール、リーファが言う。

「それはようございますな。では家具などの調度品は、私が手配しておきます」

「では、私は食器やシーツ、カーテンなどの日用品を用意しますね」

「了解。俺は屋敷と魔導具《まどうぐ》を用意するよ」

感謝の意味もあるから、俺たちがオオ爺サマの屋敷を用意するのは当然なんだ。

この城塞都市は俺の魔力のせいで、深淵の森からの魔物はほぼ寄りつかない。それに加えオオ爺サマの神聖な魔力のお陰で、魔物だけじゃなく、城塞都市に害を与えようとする悪しき存在が近寄りづらい場所になっているんだ。

そうはいっても小物のテロリストや、好戦的なジーラッド聖国の間者《かんじゃ》がたまに紛《まぎ》れることもあるが、基本眷属たちが対処できる程度の雑魚《ざこ》だしな。

まあ、それはともかくオオ爺サマの屋敷についてだ。

オオ爺サマが人化して城塞都市の中で過ごすようになれば、他の古竜たちも羨ましがって、人化を覚えるかもしれない。

だから、それを想定して屋敷を建てないとな。

三話　攫《さら》われた子供たち

数日後のある日。俺はポーラちゃんと遊ぶ約束をしていたミルとララを孤児院に転移で送り、深淵の森の拠点に戻って農作業に勤《いそ》しんでいた。

深淵の森の拠点には、クグノチやトムのような俺の眷属であるウッドゴーレムたちがいるので、俺自身が農作業する必要はないんだが、そこは俺の趣味だからな。

そしてそれはちょうど、俺が果樹の手入れをしていた時だった。セブールから緊急の念話が入る。リーファ、セブールは血の眷属なので、この大陸内なら距離は関係なく念話が可能なんだ。

（旦那様。お仕事中に申し訳ございません。緊急事態でございます。孤児院の子供が二人ほど攫われたようです）

セブールからの突然の報告は、俺としてはすぐに信じられない内容だった。

（えっ!?　孤児院の子供たちを攫える奴なんていたのか？）

ポーラちゃんをはじめ、孤児院の子供たちは、赤ちゃん以外はパワーレベリング済みなんだ。

この間のテロリストの襲撃騒ぎの時も難なく乗りきった。いや、少々やりすぎたともいえる。

そんな風に強い子供たちなので、お金欲しさに子供を攫うような犯罪者に、後《おく》れを取ることはないはずなんだ。

俺のそんな考えを読み取ったのか、セブールから告げられたのは、こんな話だった。

(旦那様。攫われたのは、数日前に他所《よそ》の孤児院から新しく引き取った姉妹だそうです)

(ああ、新しく子供を引き取ったのか。そりゃそうか。孤児院だもんな)

そもそも西方諸国の国々にある孤児院に収容しきれない子供たちを、少しでも拾い上げようと孤児院を作ったんだしな。新規で子供たちが入所するのに文句はない。むしろ余裕があるならウェルカムだ。人選はダーヴィッド君が上手くやってくれるだろうからな。

とにかく、攫われたのはミルやララたちほど強くない、数日前に引き取られた子たちのようだ。

騒ぎが終わったら、時間を見つけてパワーレベリングしてあげないとな。

そんなことを緊急事態にもかかわらず呑気《のんき》に考えていると、セブールから追加の情報が伝えられる。

(それとミル嬢とララ嬢、ポーラ嬢が、誘拐犯《ゆうかいはん》を追い、城塞都市を飛び出してしまいました)

(ちょっ、それを先に言えよ!)

(旦那様、落ち着いてください。犯人は、草原地帯の蛮族《ばんぞく》崩れです。お嬢様方は、パワーレベリング済み。それに加えシロ、クロ、マロンを駆っています。アーシア様も、慌ててグリースを駆り後を追ってますので、蛮族ごときなんでもないかと思われます。おそらく子供を売るため、西方諸国へ向かうつもりのようですが、草原地帯の入り口にもたどり着けぬでしょう)

（それもそうか。それに多分、ヤタが見守ってるだろうしな。万が一の事態なんて起きないか）

慌てたけれど、よく考えれば慌てる必要はなかった。

まず、草原地帯にはもう大きな蛮族の集団はいない。目立つ集団は潰したし、最大の集団だった奴らは、岩山の上に建てた俺の城を襲撃しようとしたから返り討ちにしたしな。

そもそも、深淵の森の拠点で暮らしているミルたちに、蛮族なんかが敵《かな》うわけがない。

だから数人単位で動く小さな蛮族の集団なんかは放置していたんだが、まだそんな悪さをする奴らもいたんだって感じだな。

ミルたちならすぐに追いつくだろうし、攫われた子供を人質に脅《おど》そうとしても無駄だ。力の差がありすぎるからな。

しかもアーシアさんが、グリースと一緒に追いかけているし、ヤタも見逃すはずがない。

アーシアさんは、従軍経験がある戦えるシスターさんだし、ロダンさんやメルティーさんと一緒にパワーレベリング済みだから安心していいだろう。

心配があるとすれば、ミルたちがやりすぎて蛮族たちを皆殺しにしないかということくらいか。

「リーファ。聞いてた？」

俺は側に控えていたリーファに声を掛けた。

「はい。そっと見守りますか？」

「一応ね。ミルたちの勇姿を見届けようか」

「はい」

俺とリーファは、出かける準備をする。

しかし、城塞都市への出入りは、もう少し厳しく制限した方がいいかな。ただ、普通の遊牧民と半グレな蛮族の見分けは難しいからな。

戻ったらセブールと相談だな。

◇

人族の姉妹、ジルとベル。彼女たちは親を亡くして最初に入所した孤児院から、数日前にこの城塞都市の孤児院に連れてこられた。

魔王国が西方諸国全土に仕掛けた戦争が終わってから年月が経ったが、西方諸国連合の国々は多少の差はあれど、どこも余裕はない。ジルとベルも、もといた孤児院では満足に食べることができなかった。

西方諸国では孤児院の収容人数の多さ的にも、食料や金銭的にも世話をする人員の少なさ的にも、厳しい運営を強いられる孤児院がほとんどだった。

まだ幼いジルとベルは、西方諸国連合と魔王国の間に戦争があったことなど知らない。

だからある日、その魔王国の教会関係者に引き取られることになったと言われても「ああ、そうか」としか思わなかった。

それほど現実に絶望し、無気力になっているともいえる。

ジルは、妹のベルと離れ離れになると言われれば、二人で手を取り合い、孤児院から逃げ出すことも考えたかもしれない。だがそうでなければ、どこの孤児院へ移されようが、もうどうでもよかった。

どうせ両親を亡くした幼い姉妹二人。大人の庇護《ひご》がなければ、生きるのは難しいのだから。

親のない子供なんて、どこへ行っても同じ。そんな風に考えていた。

ただ、ジルとベルは予想とは少々違う展開に戸惑うことになった。

孤児が乗るには少々どころか、だいぶ豪華な馬車に乗せられ、大陸の南東部、草原地帯という場所にある孤児院に行くと教えられる。

大陸の南東部にある草原地帯と言われても、学のない平民の孤児であるジルとベルには何も分からない。馬車に揺られていても不安でいっぱいのジルとベル。

ところで、魔王国と草原地帯を行き来する者の中でも、キャラバンは魔王国が主体だ。その中でも孤児の移送を担当するのは、魔王国でも精鋭の兵士と優秀な文官、それと教会関係者だ。

その付き添いの文官が二人を安心させようと、優しく話しかける。

「心配しなくても大丈夫だ。草原地帯にある孤児院なら、毎日お腹いっぱいご飯が食べれるさ」

「ご飯！」

妹のベルは目を輝かせて期待の声を上げた。

草原地帯に作られた孤児院は、シグムンドが関わっているだけあり、西方諸国にあるどの孤児院よりも待遇はいい。いや、比べるのもバカバカしいほどだ。

まず、圧倒的に治安がいい。西方諸国では子供だけで出歩くと攫われ売られることも多いが、シグムンドの城塞都市には、常にゴーレムが巡回しているし、駐在している魔王国も治安維持に協力している。

交易のために、魔王国や西方諸国から人の出入りがある以上、百パーセント確実な安全などありえないが、それでも大陸のどこの場所よりも治安がいいのは間違いない。

それにもともと肥沃《ひよく》で水も豊富な草原地帯なので、農作物の収量は右肩上がりだから、食べ物もたくさんある。

それに加え、シグムンドが深淵の森にある拠点で、様々な作物を育てている。

その中には、この世界では貴重な果実などもあり、それをシグムンドは孤児院や教会へ定期的に差し入れしている。つまり、下手な貴族よりも、贅沢《ぜいたく》な食事ができると言える。

「それに、教会の司祭をされているロダン殿や、孤児院の責任者のアーシア様はお優しい人ですからね。何も心配することはありませんよ」

教会関係者もロダンやアーシアの名を出し、二人を安心させようと気遣《きづか》う。

魔王国でも聖職者という以前に、ひとかどの人物として評価されるロダンやアーシア。普通なら魔王国から遠く離れた僻地《へきち》の、教会や孤児院にいるべき人ではない。

まあ、それは草原地帯の城塞都市が、それだけ魔王国……いや、この大陸にとって重要な地であることを示しているともいえる。

ジルとベルはある意味幸運だった。大陸中を探しても、城塞都市の孤児院以上の待遇の施設などないのだから。道中に提供される食事も、そんな希望を姉妹に感じさせる。孤児院で出されていた食事よりも味も量も満足だった。

◇

魔王国と草原地帯のキャラバンが定期的に行き来するようになり、昔に比べ随分《ずいぶん》と整備された街道を行くこと数日。

やがて馬車は草原地帯にそびえる、城塞都市の巨大な門へとたどり着く。

「ほら、着いたぞ。ここが嬢ちゃんたちが暮らす場所だ」

「ほわぁ〜！」

護衛の魔王国の兵士が、城塞都市への到着を告げると、その立派な城壁にベルは口をポカンと開けて驚きの声を上げた。

「……あれはっ⁉」

ジルは門の横に立つ巨大なゴーレムに、目を釘づけにしている。

この規模の城塞都市は、西方諸国どころか、魔王国を探してもない。ジルやベルが圧倒されるのも仕方なかった。

二人は、城塞都市の中に入っても驚きの連続だった。

まず、石造りの頑丈そうな建物が並び、整えられた農地がある。道は広く、石畳で整えられている。

道路や建物は、どれも初めて見るくらいに立派で、路地の裏や道の脇に寝転ぶ人もいない。

ここにはストリートチルドレンもいないし、スラムも存在しない。職にありつけない路上生活者も見当たらない。

やがて馬車は、教会に併設された孤児院の前に止まる。そこには、教会の責任者で司祭のロダン、シスターのアーシアとメルティーが出迎えのために待っていた。

他にも聖職者や職員はいるが、この三人がまだ歴史浅いこの教会と孤児院の立ち上げ時からの最古参になる。シグムンドとも交流がある三人は、この教会と孤児院では責任者扱いとなっている。

「ロダン殿、子供二人の移送です。それと希望されていた物資をお持ちしました」

「ご苦労様です。物資の搬入は倉庫にお願いします」

報告する魔王国の兵士と会話した後、ロダン、アーシア、メルティーが膝をつき、ジルとベルと目線を合わせて挨拶する。

「君たちが新しいお友達だね。私はこの教会の責任者でロダンという。歓迎するよ。よろしくね」

「私は、アーシアよ。私とこっちのメルティーは、孤児院にいることが多いから仲良くしてね」

「私が、メルティーよ。よろしくね」

「……ジルです」

「……ベル」

が、ジルとベルは緊張でガチガチだ。

魔王国の兵士は物資の搬入に倉庫へ向かったが、体を硬くするジルに隠れ、ベルは今にも泣きそうだった。

その時、孤児院の建物から、ワラワラと子供たちが飛び出してくる。

「えっ、何、何？　新しいお友達？」

「あっ！　二人いるよ！」

「ねえ、ねえ、なんてお名前？」

「案内してあげる！」

ジルとベルは子供たちに引っ張られて、孤児院の中へと連れられていく。

この孤児院の子供たちはパワフルだ。シグムンドによりパワーレベリング済みということもあるが、毎日が充実しているせいもあるだろう。

だが、マシンガンのように話しかけられて、ジルとベルはいっそう体を強張《こわば》らせ、顔を引《ひ》きつらせる。

ジルとベルが戸惑うのも仕方ない。二人が直前にいた孤児院に暮らす子供たちは、これほど明るい笑顔ではなかったから。あまりの違いに戸惑う二人に、すぐに馴染《なじ》めというのは無理というものだ。


ジルとベルが孤児院の中に入って、何時間か経った頃。

二人の様子を見に行ったアーシアが、ロダン、メルティのもとに戻ってきた。

アーシアに、メルティーが聞く。

「アーシア様。どうでした？」

「う～ん。そうねぇ。仕方ないと思うけれど、姉妹二人で部屋の隅《すみ》で固まってしまってたわね」

「仕方ないでしょうね。うちの孤児院の子供たちは団結が強いですし、特にパワフルですから。慣れるまで少し時間は掛かるかもしれません」

アーシアに告げられ、ロダンが言った。

他所の孤児院では子供の出入りが発生するが、ここの孤児院は場所が場所だけに、その頻度は多くない。わざわざ草原地帯にある孤児院に、養子を探しに来る人間なんていないのだ。それゆえ、今のところこの孤児院に子供が増えることはあっても、出ていくことはない。

あと数年すれば、卒院する子供が出てくるだろうが、それはまだ先だ。

そんなわけで、ジルとベルが、前の孤児院との違いに馴染めなさを感じるのも無理もないのだった。

ちなみに今回、ジルとベルは二人部屋にした。

アーシアとしては、四人部屋で他の子供と同室にしたかったが、ジルとベルの様子を見ると、それは無理そうだとの判断からだ。

孤児院は、シグムンドが余裕を持って建てたので、部屋数は多い。なので、もう少しここに慣れてから考えようという話になった。

「ロダン司祭。シグムンド殿に、早い段階で二人のパワーレベリングをお願いした方がいいかもしれません」

「そうですね。ここの子供たちは、レベルが高いせいで覇気《はき》がすごいですから。あの二人も無意識に気後れしているのかもしれません。となるとパワーレベリングしてもらうのはアリですね」

アーシアがロダンに進言すると、ロダンもそれに頷《うなず》く。

シグムンド、リーファ、セブールは、自身の気配や魔力を完璧にコントロールしているので、他者を無意識に威圧したりすることはないが、ポーラたち孤児院の子供たちにそれはまだ無理だ。だから自然とジルとベルは萎縮《いしゅく》してしまう。

ロダン司祭、アーシア、メルティーは相談し、早期に二人のパワーレベリングをシグムンドに頼むことを決めた。

こうして、生活環境は劇的に改善したものの、孤児院に馴染めないジルとベル。

だが、一人だけ姉妹に積極的に関わり、気にかけたのがポーラだった。

ポーラは、自分が盲目《もうもく》だった頃、孤児院でいつも一人孤独だったことを忘れていない。シグムンドのお陰で、目が見えるようになっても、すぐにはみんなと打ち解けるなんてできなかった。

そんなポーラを救ってくれたのが、ミルとララのエルフ姉妹だった。

同年代の遊び相手をとシグムンドが考え、頻繁《ひんぱん》に城塞都市に連れてきてもらっていたミルとララは、ポーラとすぐに仲良くなった。

ミルとララは、シグムンドに保護されるまで、草原地帯で一家族での遊牧民生活をしていた。当然、同年代の友達など望むべくもなく、しかも過酷な暮らしだったこともあって、子供らしく遊んだりできなかった過去を持つ。

そんなミルとララも、シグムンドに助けられてから、母親のルノーラは当然として、シグムンドはもちろん、リーファやセブール、クグノチやトムといったゴーレムたち、ブランとノワールといったリビングドールたちから、たくさんの愛情を受けて育っている。

なのでミルとララが寂《さび》しく独りぼっちのポーラを放っておけるわけもなく、ポーラもミルとララの優しさに救われたのだった。この出会いはポーラにとっても、ミルとララにとっても貴重なものだった。

そんなポーラからすると、ジルとベルの姉妹は放っておけない存在だ。少し前の自分を見ているようなものだから。

そして、そんな思いを持つポーラには、強い味方がいた。

「ニャァ」

「うわぁ！　お姉ちゃん！　可愛いネコちゃんだよ！」

「う、うん。猫だね」

小さく仔猫サイズになったマロンに目を輝かせ喜ぶベルと、なぜ孤児院の女の子が猫を飼っているのかと首を傾げるジル。

ジルの反応は正しい。自分たちが食べるのにも困窮《こんきゅう》する孤児院で、ペットの犬や猫など飼うなんて普通は考えられないからだ。

「可愛いでしょう？　ジルちゃんとベルちゃんだよね。わたし、ポーラっていうの。その子はマロンよ」

「マロンちゃんっていうんだ！　ポーラちゃん。一緒に遊んでもいい？」

「もちろんいいよ」

マロンはシグムンドの眷属であり、進化を繰り返し、高ランクの魔物となっている。

なのでただの猫と比べて非常に賢く、ポーラの気持ちを汲み取ってジルやベルの足に体を優しく擦りつけたり、ゴロゴロと喉《のど》を鳴らして甘えてみたりとアピールする。決して引っかいたり噛《か》んだりもしない。

ポーラの従魔であるマロンの力もあり、少しずつ打ち解け始めるジルとベル。

この調子なら、他の子たちと仲良くなるのも時間の問題だろう。

◇

そんなある日のこと。ポーラがジルとベルを、孤児院の近くにある小さな公園に誘う。

「ねえねえ。公園で遊ばない？」

「こうえん？」

「ポーラちゃん。こうえんって何？」

ポカンとするジルとベルだが、それも仕方ない。

子供だけで出歩くと攫われるなんてことが珍しくない世界だ。シグムンドが、前世の記憶から作った児童公園なんて、この世界ではここにしかない。

「公園はね、色んな遊び道具がある広場だよ」

ポーラがそう言うと、ジル、ベルは目を輝かせる。

「えっ！　行きたい！　お姉ちゃん。いいでしょう？」

「……そうだね。でもポーラちゃん、孤児院の外に出てもいいの？」

「アーシア先生に言っておくから大丈夫だよ」

そんなふうに話していたポーラ、ベル、ジルの三人に、遊びに来たミルとララが加わる。

「ポーラちゃん、遊びに来たよ」

「来たよ！」

ミルとララの背後にはそれぞれシロとクロがいて、それを見て喜ぶベル。

「わぁ！　猫ちゃんがいっぱい！」

マロンに加え、ミルとララの相棒であるシロとクロまで増え、三匹の仔猫にベルは大喜びだ。

「新しいお友達？　わたしミルーラ。ミルって呼んで！」

「わたしが妹のララーナ。ララだよ！　ポーラちゃんとはお友達なの！」

「「……」」

黙ってしまう姉妹。

特に姉のジルは警戒しているが、それはミルとララの容姿も関係していた。ジルはエルフを見るのは初めてだった。孤児のジルやベルは、獣人族や魔族は見たことがあっても、種族として容姿端麗なエルフを見たことはなかったので、少し緊張してしまっていた。

「二人とも、大丈夫だよ。ミルちゃんもララちゃんも優しいからね。きっといいお友達になれるよ」

そう言ってジルとベルを安心させるポーラ。

優しいポーラと、そのポーラの優しさを引き出したミルとララだ。そこから三人と、ジルとベルの姉妹と仲良くなるのは早かった。

「これからどうする？」

ポーラがみんなに聞くと、草原地帯の孤児院に来てからお腹いっぱいご飯が食べられるようになり、元気いっぱいのベルが手を上げて主張した。

「さっき言ってた、公園で遊びたい！」

「そうだね。公園に行こうか」

「うん！」

ミルとララも賛成し、五人は公園へと向かうことに決める。


公園に着くと、五人は公園の遊具で遊んだり、シロたちと一緒に追いかけっこしたりと楽しむうちに、ジルとベルも子供らしくなっていく。

もちろん、ミル、ララ、ポーラはジルとベルの身体能力に合わせて遊んでいる。テロリストを撃退するポーラも、深淵の森で行動できるミルとララも、この世界では規格外の存在だから。


遊んでしばらく経つと、ベルのお腹がグゥと鳴った。

「あっ、もうお昼だね」

「そうだ。ここでシートを敷いてお弁当食べない？」

ベルのお腹の音に気付いたミルが、太陽の位置を確認してそう言うと、ポーラがポンと手を叩き提案した。

「あっ、楽しそう。ピクニックだね」

「ここでご飯食べるの。楽しそうだね」

それにララとジルも賛成すると、ベルも言う。

「ベルも！　ベルも、お外で食べる！」

「じゃあ、決まり。アーシア先生とメルティー先生にお願いして、お昼ご飯を詰めてもらうよ」

「あっ、シートとかお茶とか運ぶの手伝うよ」

「ジルちゃんとベルちゃんは、ここで待ってて」

そう言って、ポーラ、ミル、ララが孤児院に駆けていく。ジルとベルを残したのは、遊び疲れているんじゃないかと気を遣ったのだ。


ポーラが孤児院に着くと、中に元気よく駆け込む。

「アーシア先生！　お昼ご飯、お弁当にしてっ！　ジルちゃんとベルちゃん、わたし、ミルちゃん、ララちゃんの五人分！」

「あらあら。公園でピクニックかしら。楽しそうね。いいわ、すぐに準備するわね」

ポーラの後ろからついてきたミルとララを見て、アーシアは頷く。

来たばかりで馴染めないジルとベルも、ポーラやミル、ララが気遣ってくれれば、もう大丈夫とホッとするアーシア。


その頃、公園の砂場で遊ぶジルとベル。

そこにゆっくり近付く一台の馬車。

馬車が公園に差しかかると、馬車から四人の男が飛び降りる。

そのうちの二人が手に持つ麻袋《あさぶくろ》を、ジルとベルに頭から被《かぶ》せると、ゆっくりと移動し続ける馬車へと飛び乗り、そのまま西門へと速度を上げた。

馬車が通りすぎた後の公園の砂場には、スコップと小さなバケツだけが残されていた。


お弁当やお茶、シートを手分けして持ち、公園に戻るポーラ、ミル、ララ。

その後ろからアーシアも、様子を見るためにつきそっている。

「あれっ⁉　ジルちゃんとベルちゃんがいないよ！」

「どこか行ったのかな？」

「ニャァ」

ポーラが慌てたようにキョロキョロと辺りを見まわす。

砂場にスコップとバケツが転がっている。直前までそこで遊んでいたのは間違いない。

ミルが「公園の外に出たのかな？」と言うも、ポーラは首を横に振る。

「ミルちゃん。それはないよ。ジルちゃんとベルちゃん、まだここに来たばかりだし、勝手にウロウロしないよ」

「ちょっと待ってね…………いた！　ジルちゃんとベルちゃん、外にいる！」

ミルはすぐに探知を使うと範囲を広げ、ジルとベルの気配を探る。そして気配が城塞都市の外にあることを探知した。

「本当だ！　遠ざかってるよ！」

ララもミルにならって気配を探り、二人が現在進行形で遠ざかっているのを掴む。

あきらかな異常事態だ。周囲は何もない草原地帯なので、西方諸国のどこかの国にたどり着くなど子供の足では不可能だ。

ジルとベルが自分で移動したとは考えにくい。

ミルたちが、ジルとベルが人攫いに捕まったのだと判断するのに一秒も掛からなかった。

それからのミル、ララ、ポーラの行動は早い。

「助けなきゃ！　シロ！」

「追いかけるよ！　クロ！」

「待っててね、ジルちゃん、ベルちゃん！　マロン！」

三人の呼びかけに応え、シロ、クロ、マロンが巨大化する。ミル、ララ、ポーラがその背に飛び乗ると、迷うことなく西門へと駆けだした。

「ちょっ!?　あなたたち！　もう！」

呆気《あっけ》にとられていたアーシアが呼び止めるも、スピードを落とすことなく駆ける従魔三匹。

アーシアが指笛を鳴らすと、孤児院の方から巨大な双頭の犬型魔物が駆け寄る。アーシアの従魔グリースだ。

「グリース！　ジルとベルの匂いを辿《たど》れる？」

「バウ！」

アーシアはグリースに飛び乗り、三人の後を追うように駆けだした。


少し離れた街道。ゴロゴロと激しい音を立て、整備された道を急ぐ一台の馬車があった。

馬車に乗る蛮族の男たちは全部で五人。かつては馬に乗っていたのだが、今は古い馬車を使っている。馬で行動する盗賊が少なくなったため目立ってしまうようになったから、というのが馬車を使う理由だ。

なお、大規模から中規模の蛮族や盗賊はシグムンドに駆除され、今では彼らのような少人数のバカしか残っていない。

「上手くいったはいいが、二人じゃ少なくないか？」

「ああ、それに餓鬼《がき》すぎるだろう」

「欲張るのはよくない。一度に大人数を攫うと目立つからな」

「ああ、売ってすぐに戻ればいい」

「その後でまた攫っちまえばいいか」

そんな会話を交わす男たちの視線の先には、麻袋が二つ。

そう、ジルとベルだ。

奴隷として売り飛ばすのなら、若くて綺麗な女性が高く売れるのだが、誰にも気付かれずに大人を攫うのは難しい。

その点、ジルやベルくらいの幼児なら、袋を被せて担《かつ》げばいい。できれば、もう少し多くの人数を攫えればベストだったが、あまり欲をかきすぎては足がついてしまう。

草原地帯で遊牧民として暮らすことなく、遊牧民から奪う生活をしていたこの男たちの生活は、シグムンドによって苦しいものになった。

ここで真っ当な仕事をするという選択肢を選べば、男たちの未来は違ったものになっていたはずだが、愚《おろ》かにも男たちが選んだのは城塞都市での人攫いだった。

ただ男たちはある意味で幸運だった。パワーレベリングしていないジルとベルを狙《ねら》ったのだから。

他のパワーレベリング済みの子供だったなら、間違いなく返り討ちにあっていたに違いない。

ただ男たちの中には、城塞都市で誘拐を行ったことを不安に思う者もいた。

「でもよう、よかったのか？　あの城塞都市って、東の岩山の城の主人が作ったっていうじゃないか」

「しかもそいつによって、草原地帯最大勢力の蛮族が壊滅したって、例の話だな」

「どこまで本当か分からねえが、あれから奴らの姿が見えないのは本当だな」

「奴らがいなくなったのはありがたいがな」

「確かに」

テレビやインターネットのない世界。情報の伝達など望めるべくもなく、同じ草原地帯で起きた事件の詳細も、男たちは正確に知らなかった。

新聞の類《たぐい》は、かろうじて魔王国や西方諸国の一部にはあるが、草原地帯にそんなものはない。遊牧民や蛮族の中で、文字の読み書きができる人間はいないのだ。

ちなみにこの世界では、冒険者の中にも文字の読み書きができない者は多い。ボルクスやルノーラは、知能の高いエルフだけあり文字の読み書きは問題なく、ミルやララも親から教わっていたが、それ以外の者は、貴族や商人などの知識階級でもない限り、文字の読み書きができない者がほとんどだったりする。

ともかく、そんな知識や情報が行きわたらない世界で、情報弱者な蛮族の男たちであった。

ただ、男たちはもう少し考えるべきだった。せめて城塞都市の中で情報収集していれば、今回の蛮行は止まったかもしれない。

なぜなら、シグムンドによって蛮族の大集団が壊滅したことくらい簡単に知れたはずだからだ。

シグムンドが保護する孤児たちに手を出してしまった時点で、男たちの未来は決まってしまっていた。

四話　蛮族討伐

俺――シグムンドは、リーファと共に城塞都市に転移し、魔力による広域探知を発動する。

「おお、すぐにでも追いつきそうだな」

セブールが言っていた通り、誘拐犯を追うミル、ララ、ポーラちゃんの位置はすぐに分かり、その後方にはアーシアさんの気配も見つかった。

ミルやララは、一応俺の眷属なので位置の把握は難しくない。

ポーラちゃんは眷属ではないが、目を治してあげたりパワーレベリングしたりと、孤児院の子供たちの中でも関わりが深いから間違えるなんてありえないんだ。

「慌てているアーシア様が可哀想《かわいそう》ですね」

「けどまあ、慌てるわな」

ボソッと言うリーファにそう返す。

普通は、子供たちだけに任せておいたら危ないと思うアーシアさんの反応が正しくて当たり前だろう。ただ、ミルたちに限ってその常識は通じないが。

「じゃあ俺たちも、姿を消して後を追うか」

別にミルたちに任せておけば大丈夫だと思うが、一応の見守りだ。子供たちを成長させたいので、彼女たちが自由に行動できるよう、俺たちは姿を消しておいた方がいいだろう。

「ご主人様、気配は隠匿《いんとく》しますか？」

「そうだな。ポーラちゃんとアーシアさんだけなら大丈夫だろうけど、ミルとララにはバレるからな」

ミルとララは血の眷属じゃないが、姿を消した程度だと、俺の気配がバレるんだよな。

俺とリーファは、姿を消してフワリと宙《ちゅう》を舞う。気配を消し、魔力を抑えるコントロールも完璧だ。


こうして、西に向かって飛ぶこと少し。俺とリーファはすぐに、シロたちに乗って駆けるミルたちの姿を見つけた。

（……なんだか、すごくやる気まんまんに見えるな）

（攫われたお友達を救うこと自体はやすやすとできると分かっているでしょうから、後はちょっとした冒険気分なのではありませんか？）

（だよな。あれ、怒りながらも楽しんでる感じだな）

ミル、ララ、ポーラの表情に、焦《あせ》りは微塵《みじん》もない。

多少の怒った感情は伝わってくるが、それは仕方ないだろう。孤児院の友達を誘拐なんて、ミルやララ、ポーラが怒らないわけがないもんな。

少しすると馬車が見えてきた。間違いなく犯人たちの馬車だ。

(あんなに急ぐと、悪いことして逃げてますって、バレバレなんだけどな)

(本当ですね。もともと頭の悪い蛮族崩れです。仕方ないですね)

草原地帯の西端から城塞都市までは、俺が道を整えてあるのであの速度でも問題ないが、普通に考えたら、かなり無理なスピードを出している。

本当に馬の扱いに長《た》けた草原地帯の蛮族か疑わしくなるな。

孤児院の子供を攫った馬車に、猛スピードで近付く三つの気配を感じ視線を向けると、ポーラちゃんを先頭にミルとララが続いている。

(もう追いついたか。シロとクロもだけど、マロンも足が速いな)

(三匹なら深淵の森のどこの場所へも行けますからね。普通の馬が引く馬車程度に追いつくのは簡単です)

リーファの言う通り、街道があろうがなかろうが、関係なく猛スピードで駆ける白と黒と茶色の軌跡。馬車のスピードで逃げきれるわけがないわな。

(まあ、当然といえば当然だな)

すると――

「待てぇー！」

「ジルちゃんとベルちゃんを返せぇー！」

「その馬車、止まれぇー！」

ミル、ララ、ポーラちゃんが馬車に向かって叫びだした。

（…………律儀《りちぎ》に声を掛けてるな）

俺やセブールやリーファなら、問答無用で攻撃していただろうな。

（まあ、このようなシュチュエーションでの対応は教えてませんから）

（うーん、いきなり攻撃するよりもいいか。正々堂々で）

（そうですね。育て方は間違っていないと思います）

リーファとそんな会話をしつつ、見守りを続ける。

幌馬車《ほろばしゃ》の後ろから男が顔を出し、ミルたちが追ってきているのを確認し驚いた表情を見せている。

まあ、驚くわな。虎やライオンよりもずっと大きい魔物に、幼女が乗って追いかけてきてるんだから。

「おっ、おい！　変な餓鬼が虎と猫の魔物に乗って追いかけてくるぞ！」

「バカ言ってるんじゃねぇ！」

「本当なんだって！　見てみろよ！」

「何を言って……なぁっ⁉」

騒ぎだす蛮族の男たち。

本当は、どっちも猫系の魔物なんだけどな。シロとクロは、大きくなると虎や豹にしか見えないんだよな。ポーラちゃんの従魔のマロンの、猫をそのまま大きくしたような姿な方がレアだったりする。

「んっ？　おい。あの二人はエルフの餓鬼か？」

「んんっ、本当だ。あの餓鬼、エルフだぞ！」

ミルとララを見た蛮族の一人が、二人がエルフだと気が付いて、弾《はず》んだ声を上げる。

（ご主人様。捻《ひね》り潰しますか？）

間髪《かんはつ》入れずにドスの利いた声を出すリーファ。

（まあまあ、落ち着けリーファ。ミルとララに邪《よこしま》な目を向けられるのは俺も腹立たしいが、今俺たちが手を出したら、ミルとララが怒るんじゃないか？）

（……そうですね。もう少し我慢してみます）

リーファが不愉快になるのも仕方ない。蛮族の男が喜びの声を上げたのは、エルフの子供、それも女の子なら高く売れるからだ。

ミルやララを本当の妹のように可愛がるリーファが怒らないわけがないよな。

まあ、俺としてもムカツクし、あのバカたちにはシロやクロ、マロンの姿が見えていないのか？

と頭の中を覗いてみたい気持ちになる。

ミルやララ、ポーラちゃんの見た目は幼女なので侮《あなど》るのも無理はないが、シロやクロは深淵の森でも上位の実力だぞ。蛮族崩れにどうにかできると思ってるのか？

それを証明するかのように、シロとクロが左右に分かれ、馬車へと風の刃《やいば》を放った。

放たれた風の刃、風魔法のウィンドカッターに似た攻撃が、馬車を引く馬と、馬車を切り離す。

馬車の重さが突然なくなり、驚いた二頭の馬はそのままパニックになって走り続ける。

そこにヤタからの念話が入る。

（マスター。あの馬は俺が保護すればいいのか？）

（ああ、頼めるか？　馬に罪はないからな）

（了解。お嬢ちゃんたちのことは頼むぜ）

羽ばたく音もなく、馬車から離れた馬を追って遠ざかっていくヤタ。

ヤタはセブールからの念話で第一報が入った時点で、ミルたちのフォローに回っていたんだ。姿を消して馬車を捕捉しながら、必要なら手出しするつもりだったんだろう。

アイツって、意外とこういう気遣いのできる従魔なんだよな。口が悪いのが玉に瑕《きず》だが……

そもそも、蛮族の五人程度の相手なら、ヤタだけでお釣りが来るんだけどな。ヤタは、アスラみたいにガチガチの戦闘タイプではないけれど、俺の眷属が弱いわけがない。

まあ、それはおいといて。

従魔たちの風の刃で馬を切り離された馬車は、五十メートルほど走ってからゆっくりと止まった。

その中から四人の男と、馭者《ぎょしゃ》をしていた男、合わせて五人が飛び出した。

「おうおう！　嬢ちゃんたち！　大人しくしな！」

「そうだ！　お友達が痛い目を見るぞ！」

ニヤニヤとだらしない笑みを浮かべる蛮族ども。

その中の二人が、麻袋を抱きナイフを突きつけている。袋の中から子供の気配がするので、孤児院から攫われた姉妹だろう。

しかし大の大人が幼女三人に対して、人質を盾《たて》に脅すかね。情けない。

(やっぱり殺しますか？)

お陰で、殺気立っているリーファを抑えるのが大変だ。

(まあまあ。落ち着けリーファ。ミルとララ、ポーラちゃんも落ち着いてるだろう)

(……はい)

渋々といった感じで納得するリーファ。

はあ、なんで俺が蛮族どもの命を守らないといけないんだか。

だが蛮族本人たちだけは、まったく状況が分かっていないようだな。

「ほぉ。エルフじゃない餓鬼もなかなかじゃねぇか。その餓鬼も高く売れそうだ」

「三匹の従魔も見たことない魔物だぞ。あれも絶対高く売れるぜ！」

はぁ、本当バカだな。所詮、草原地帯でも箸《はし》にも棒にもかからない程度の低い奴らだ。この状況を棚ボタだと思い込んでいるんだろう。

「ジルちゃんとベルちゃんを返せ！」

ポーラちゃんが蛮族たちにもう一度叫ぶ。

「ヒャハハハハッ！　嬢ちゃんも、そのお友達と一緒に仲良く売ってやるよ！　感謝するんだな！」

「「「ヒャハハハハッ！」」」

「オラオラッ！　早く従魔から降りなっ！」

そんなことを口々に喚《わめ》く蛮族ども。

（…………）

蛮族どものあまりの馬鹿さ加減に、俺とリーファで二人して呆れてしまう。

（売るって本人に言っちゃってるよ）

（馬鹿です。馬鹿がいます）

麻袋にナイフを突きつけている二人も、ニヤニヤと馬鹿っぽいツラを晒している三人も、ゆるみきって隙《すき》だらけだ。ミルとララがその気ならあっという間に制圧しちゃうぞ。

って思ってる間に、ホラ。

ミルとララが顔を見合わせると頷き合い、シロとクロから飛び降りた。

次の瞬間、蛮族たちにはシロとクロの姿がかき消えたように見えただろう。

常人には捉えられないスピードで動いたシロとクロが蛮族を急襲して、麻袋を担ぐ男に闇魔法を発動したんだ。

男たちの影から黒い触手のようなモノが伸び、麻袋を素早く奪い取る。

麻袋を担いでいた蛮族が、手から袋の重みが喪失《そうしつ》したことに気付いた時には、シロとクロは麻袋を奪還してミルとララの側まで戻っていた。

（……えぇっと、あれって俺がよく使う闇魔法と同じだよな？　眷属だから使えるのか？）

思わずリーファに確認した。

（でしょうね。ただ奪うだけじゃなく、軽く麻痺の状態異常も付与していますね）

（いや、そこじゃなく、なんで触手なの？）

（いえ、あれは尻尾《しっぽ》でしょう）

（ああ、尻尾か）

ウニョウニョと地面から伸びて麻袋を奪還した闇魔法は、触手じゃなく尻尾だったみたいだ。

どうやら俺がよく使う闇魔法で、地面から大量の鎖を出して拘束《こうそく》する魔法を真似たらしい。

簡単にジルとベルを奪還されて蛮族たちが呆然としている間に、ミルとララのもとにポーラちゃんが合流し、麻袋から姉妹を助け出した。

「ジルちゃん！　ベルちゃん！　もう大丈夫だからね！」

「ポーラちゃん！」

「ポーラお姉ちゃん、怖かったよぉ！」

ポーラちゃんが姉妹に声を掛け、抱きしめ元気づけている。

その様子を見て、ようやく攫った姉妹を奪い返されたことに気付いたらしき蛮族たちが騒ぎだす。

「おっ、おい！　どうするんだよ！　奪われちまったぞ！」

「馬鹿！　そんなことより、まずいぞ。あの従魔、魔法を使ったんだぞっ！　低ランクの魔物じゃないかもしれねえ！」

「クソッ！　魔法を使う個体なんてDランクじゃ済まないぞ！」

「従魔のランクなんてどうでもいい！　それより、どうする、逃げるか？」

「今更手ぶらで逃げられるかぁ！」

うるさく騒ぐ蛮族たちが行動するより早く、動いたのはポーラちゃんだった。

「マロン！　囲って！」

「ニャァ！」

マロンが魔法の土壁で、逃げられないように蛮族の周囲を囲む。

マロンは土属性を持ってたんだな。アースウォールとか土壁とかと呼ばれる魔法を使って蛮族たちが逃げられないようにしたようだ。

ちなみに、シロとクロは風と闇属性だ。

「「「なぁ!?」」」

「か、囲まれたぞ！」

「チ、チクショウ！　こうなったら、餓鬼どもをやるぞ！」

蛮族の一人がヤケクソなのかそう口にする。

いや、無理だから。百パーセント不可能だから。

「シロ！　ウィンドショット！」

「クロ！　ウィンドショット！」

「ガァッ！」」

ミルとララが、シロとクロに指示を出すと、二匹が咆哮《ほうこう》した。

同時に風の砲弾《ほうだん》が放たれ、蛮族を二人吹き飛ばした。

「「グフッ！」」

本来のウィンドショットなら、蛮族程度なら当たれば即死だろうが、流石に子供のミルとララに人殺しはさせたくない。なので、殺さない程度の手加減は教えてある。

だから吹き飛ばされた二人も、骨の何本かは折れているかもしれないが、死んではいない。

「なぁっ⁉」

「クソッ！」

「ぶち殺せっ！」

まさか簡単に二人がやられるとは思わなかった残りの三人が、剣を抜きミルたちへと襲いかかった。

それでもミル、ララ、ポーラちゃんに動揺はない。

「ララは右、ポーラちゃんは左、私が真ん中ね」

「「うん！」」

ミルの合図で、三人がそれぞれの従魔に声を掛ける。

「シロ！」

「クロ！」

「マロン！」

シロとクロが影の尻尾で、マロンが岩の尻尾で襲いかかる蛮族たちを拘束する。

「グワッ！　は、放しやがれ！」

「クソッ！　動けねぇ！」

「餓鬼ども！　ぶち殺すぞ！」

手足を拘束され身動きできない蛮族たちが、口汚くミルたちを怒鳴《どな》る。けどあれじゃ、怖くもなんともないよな。

「ジルちゃん、ベルちゃん。ちょっと待っててね」

「ポーラちゃん……」

「ポーラお姉ちゃん……」

泣いていた姉妹にそう声を掛け、ポーラちゃんが二人から離れて蛮族の方へと歩きだす。

「じゃあ、私たちもだね」

「うん。ララ、手加減忘れないでね」

「分かってるよ」

ララとミルも拘束された蛮族の方へと歩きだす。

その姿には、幼女とは思えない迫力がある。

「おい！　なんだ。何するつもりだ！」

「うるさーい！」

ドンッ！

「グフッ!!」

ポーラちゃんのボディブローで蛮族が吹き飛ぶ。もちろん、一撃ノックアウトだ。

「な、なぁ、助けてくれ。俺たちも食っていくのに必死なんだよ！」

「そ、そうだ！　見逃してくれよ！」

従魔はともかく、幼女三人がこんなに強いなんて想定外中の想定外だったんだろう。近付くミルとララに、情けなくも命乞いする残された蛮族二人。ああはなりたくないな。

もちろん、ミルとララが見逃すはずがない。新しくできたお友達が攫われて、二人とも相当怒ってるからな。

「「せぇーのっ！」」

ドンッ!!

ミルとララが素早く踏み込み放った一撃で、無様《ぶざま》に許しを乞う二人の蛮族が吹き飛び、マロンが構築していた土壁にぶち当たった。

意識を失い、壁に沿って崩れ落ちる蛮族二人。

パン、パンと手を叩いて満足そうなミルとララ。

胸を張って自慢げにドヤ顔しているのが可愛いな。

（さて、アレの始末はと）

なかなか容赦ないミルとララの勇姿に満足しながらも、蛮族どもをどうしようかなと考えていると、セブールから念話が入る。

（旦那様。ゴミの処理はお任せください）

（セブールか。じゃあ後は頼めるか？）

セブールと会話しつつ、随分呆気なく終わったなと思っていた、その時。

ポーラちゃんにやられた男が悪あがきする。

「死ねっ！」

這《は》いつくばりながら、助け出された姉妹を慰《なぐさ》めているポーラちゃんへとナイフを投げた。

カンッ！

とはいえ、マロンが側にいてそんな攻撃が通るわけもない。土魔法で地面から突き出た岩の杭《くい》に、ナイフは呆気なく弾《はじ》かれる。

「ガァッ！」

「ガウッ！」

そこにシロとクロがトドメとばかりに、悪あがきした蛮族の男へ風の砲弾を放った。

「うぎゃ‼」

汚い悲鳴を上げ、錐揉《きりも》み状態で地面を転がってゆく蛮族の男。

（悪あがきしなけりゃよかったのに……馬鹿だなあいつ）

（ええ、面白いほど綺麗に吹き飛びましたね）

（シロとクロも怒ってたんだな。アレは、ほっとけば死ぬな）

（どうせお祖父様が始末するのですから、手間が省《はぶ》けていいのでは？）

（それもそうか）

ボロボロになる男を眺めながらリーファと念話でやり取りする。

その時、ミルたちを追いかけてきていたアーシアさんが、ようやくグリースに乗って到着する。

「みんな！　無事だったのね！」

「あっ、アーシア先生！」

アーシアさんがグリースから飛び降り、子供たちに駆け寄ると、ポーラちゃんが嬉しそうに手を振る。

「ヒッ⁉」

ただ、姉妹の姉の方——確か、ジルちゃんといったか。そのジルちゃんはグリースを見て小さく悲鳴を上げた。

（巨大な双頭の犬の魔物のオルトロスみたいだもんな。そりゃ怖いよな）

サイズが大きい時のグリースは、シロやクロ、マロンよりも大きい。頭も二つあるし、いかにも魔物って感じだからジルちゃんが怖がるのも仕方ない。

（妹の方——ベルちゃんは、平気みたいですけどね）

リーファはそう言うが、平気で触りに行くベルちゃんの方が、怖いもの知らずすぎるんだと思うぞ。

「うわぁー！　おっきなワンちゃん！　お姉ちゃん！　おっきなワンちゃんだよ！」

ついさっきまで泣いていたベルちゃんは、グリースを見て喜んでいる。

「ベル。それ、孤児院にいたグリースだよ……」

「ワンッ！」

引き気味に言うジルちゃんと、嬉しげに吠えるグリース。

「えっ？　こんなに大きくなかったよ」

「それを言ったら、シロちゃんやクロちゃん、マロンちゃんも一緒じゃない」

「あっ、本当だ～！」

ジルちゃんに言われ、今更気付いた様子のベルちゃん。

うん。ベルちゃんは天然のようだな。まぁでも、巨大になった従魔たちを怖がらないのは度胸があっていいよな。


そんな感じで、ベルちゃんがしばらく従魔たちをモフった後。

ジルちゃんとベルちゃんが無事で、蛮族たちも全員ノックアウトしたから安心したのか、アーシアさんのお説教が始まった。

「ジルちゃんとベルちゃんが、無事だったのは何よりです。ですが、あなたたち三人が危険なことをしていい理由にはなりませんよ」

「……アーシア先生、ごめんなさい。でも、ポーラ許せなかったの」

ポーラちゃんがアーシアさんに謝っている。けど頬を膨らませていて、怒っているのが丸分かりだ。

ミルとララも似たような表情をしており、謝る気はなさそうだな。

アーシアさんが、ミルとララにも説教をしようとする。

「ミルちゃんとララちゃんもですよ」

だが、ミルとララが満面の笑みで言う。

「大丈夫だよ。アーシア先生」

「うん。きっとお兄ちゃんが見守ってくれてるもん！」

「ヤタだって近くにいたんじゃないかな」

「えっ、そ、それは……」

アーシアさんは、俺や、俺の眷属がミルとララを守っていると分かったんだろう。それ以上何も言えなくなった。

（なぁ、バレてないよな？）

（はい。ミルとララのあれは、ご主人様への絶対的な信頼の表れというだけで、私たちの気配を感じたわけではないと思います）

（絶対的な信頼を寄せてくれるのは嬉しいが、もう少し危機感を持つように教育した方がいいのか？）

ミルとララは、突っ走っても何かあれば、必ず俺が助けてくれると信じているみたいだ。まあ、それは間違いじゃないんだが。

アーシアさんも、俺の名前を出されると、もうそれだけで、全部許してオッケーなんて思ってるかもな。

（ご主人様は、超越者ですから。アーシア様もご主人様の名前だけで納得させられるのでしょうね）

ジルちゃんとベルちゃんも落ち着いたようで、後は城塞都市に戻るだけだ。

しかしアーシアさんは、転がっている蛮族や馬車に視線を向け考え込んでいる。

子供たちを優先するのは当然だけど、放置しておくのもどうかな、とか悩んでいるのかな。

そこに、タイミングを測ったように、黒い霧《きり》が出現し、人型を取ったかと思うと、セブールが現れた。

「アーシア殿、お困りのようですな」

「ああ、これはセブール殿」

セブールが現れたことで、アーシアさんはホッとした表情になる。

ミルやララ、ポーラちゃんもセブールをよく知っているので、緊張が解けて場の雰囲気がガラリと明るくなる。

「あっ！　セブールだ！」

「本当だ！　ねえねえ！　ララ、悪いヤツこらしめたよ！」

「ポーラも頑張ったんだから！」

「これはこれはお嬢様方。ご活躍のようですな。旦那様もお喜びでしょう」

ミルやララ、ポーラちゃんが、ジルちゃんとベルちゃんを誘拐した犯人をやっつけたと自慢げにセブールに報告すると、セブールもニッコリと笑いかけて手放しで褒めている。

「ところでお嬢様方。お腹が空いたのではないですか？　早く戻ってお昼ご飯を食べませんと、オヤツの時間になってしまいますよ」

「あっ！　お昼ご飯、食べてない！」

「大変だ！　早く帰らなくちゃ！」

「ジルちゃん！　ベルちゃん！　大変だよ！　急いで帰らなきゃ！」

セブールがお昼ご飯の話を出すと、ミルとララ、ポーラちゃんが慌て始める。

「う、うん」

「ご飯！」

ジルちゃんは、先ほどの事件のショックをまだ引きずっているのか、ミルたち三人のテンションについていけてない。だが、ベルちゃんはご飯というワードに反応した。

「アーシア殿。ここの後始末はお任せください。お嬢様方の引率をお願いします」

「セブール殿、助かります。じゃあみなさん、帰りますよ」

アーシアさんはセブールの言葉に安堵《あんど》したようで、ミルたちに帰るよう促した。

それから、ポーラちゃん、ミルとララ、アーシアさんが、ジルちゃんとベルちゃんに、自分たちの従魔に乗るか聞く。

「ジルちゃん、ベルちゃん。マロンに乗る？」

「シロでもいいよ」

「クロにも乗れるよ」

「私と一緒に、グリースに乗りますか？」

「……う～ん。ポーラちゃん、マロンに乗せてくれる？」

「わたしもマロンがいい」

ジルちゃん、ベルちゃんは、二人ともマロンを選んだ。

「いいよ。マロン、二人を乗せてあげて」

「ニャァ」

（マロンは、おっきな猫だからな）

（そうですね。大きくなったシロとクロは、なかなかの迫力ですものね）

（グリースのルックスだとなぁ……）

（双頭の巨大犬は女の子ウケはしないでしょうね）

アーシアさんがグリースに乗るかと聞いていたけど、ジルちゃんもベルちゃんもグリースに視線も向けなかったな。可愛さではマロンと勝負にならないから仕方ない。

ポーラちゃんがジルちゃんとベルちゃんをマロンに乗せ、その左右をミルとララ、最後尾にアーシアさんが位置取り、子供たちはセブールに手を振りながら帰っていった。

（ご主人様。一応私がついてまいります）

（ああ、頼むよ）

念のため、リーファが見届けてくれるようだ。

みんなが去ったところで、俺は隠密を解いて姿を現す。

「旦那様。この愚か者どもはいかがいたしますか？」

「どうしようか。生かしておいてもどうせロクなことしないだろうけど、多少は世間の役に立ってもらう方がいいか」

「……それもそうですな。魔王国にでも売りますか」

「ああ。こんな奴ら売っても値段は知れてるが、それでも孤児院への寄付金にはなるだろうしな」

子供を攫って売ろうとした奴らなんて、本当はサクッと始末した方が早いんだが、僅かでも金になるなら売ってしまおう。犯罪奴隷なんて大して金にならないが、まったくないよりはマシだ。

「では集めてまいります」

「子供を奴隷商に売ろうとした奴が売られるとか、自業自得だな」

セブールとそんな会話をし、セブールが蛮族たちを集めている間に、俺は残された馬車を影収納にしまい込む。

「旦那様。瀕死《ひんし》の者もいるようです」

「ああ、一応全員治しておくよ。死んだら売れないからな」

まとめて全員回復しておく。骨折も内臓破裂もサクッと回復だ。

「じゃあ魔王国まで運ぶのは手伝うよ。その方が早いしな」

「お願いいたします」

セブールがそう言った後、蛮族どもも影収納に入れる。


そして俺とセブールは、魔王国へと転移した。

セブールだけで移動しても、魔王国までそんなに時間は掛からないが、俺の転移なら一瞬だしな。

俺とセブールは、魔王国の武官の長《おさ》であるイグリスさんに、蛮族を引き渡した。

「……いや、いいんですけどね。草原地帯の城塞都市には、魔王国も駐在させてもらってますし。でも、わざわざ俺のところに犯罪者を連れてこられても……」

「おや？　イグリス殿は、武官のトップだったはずでは？」

「ええ、ええ、セブール殿の言うとおりなんですけどね」

なんでこんなことをしてるかというと、犯罪者とはいえ、いきなり奴隷商に連れていくのは違うと思ったんだ。一応、犯罪者として司法の裁きを受けてからだよな。

で、魔王国の武官のトップであるイグリスさんのところに連れてきたわけだけど、これ、半分セブールの嫌味だよな。もう少し城塞都市に出入りする人間のチェックを厳しくしろっていうさ。

魔王国だけが悪いわけじゃないのに可哀想にね。

むしろ責任としては、城塞都市の責任者である俺の方が大きいと思うんだが。

「はぁ。分かりましたよ。引き取りますから。ちゃんと裁いて犯罪奴隷として売って、売れたお金は草原地帯の孤児院の運営費に回しますから」

「それは重畳《ちょうじょう》ですな」

イグリスさんの言葉に、セブールが満足そうに頷く。

「セブール殿だけでも嫌なんて言えないのに、後ろにシグムンド殿がいたら、返事はイエスorイエスじゃないか」

ぶつぶつ愚痴《ぐち》を言うイグリスさんに別れを告げ、俺はセブールと草原地帯の城塞都市に転移して帰った。

五話　ペットとキャンプと

城塞都市に戻り、孤児院の方へと向かうと、俺を見つけたミルとララが駆けてきた。

「お兄ちゃーん！」

「お兄ちゃん！」

ミルとララの後ろには、アーシアさんと話すリーファの姿が見える。

今回のことで、孤児院の子供たちの守り方を考え直した方がいいか、相談しているようだ。

「ミル、ララ、頑張ったな。偉いぞ」

「うん！」

「へへぇ～。ララも偉い？」

「ああ、ミルもララも、お友達のために頑張ったな」

普通なら「危ないことをしちゃダメだ」と叱るべきなんだろうけど、蛮族ごときじゃ危ないことなんて一ミリもないからな。

そこにポーラちゃんもやって来た。

「お兄ちゃん。ジルちゃんとベルちゃんを元気づけてあげたいの。どうしたらいいかな？」

「そうだな……じゃあ、こんなのはどうだ？」

そりゃ誘拐されたんだ。トラウマになっても不思議じゃない案件だ。

そこで俺は草原地帯でのキャンプを提案してみた。

場所は、オオ爺サマのいる辺りの近く。そこなら古竜の気配で魔物も近寄らないし、オオ爺サマの貴重な鱗《うろこ》や血を欲して血迷う馬鹿用に、護衛ゴーレムも配備している。それに加え、俺やリーファがいるから安全に楽しめる。

「お兄ちゃん。キャンプって何？」

「みんなで外でご飯を作ったり、泊まったりするんだよ」

「うわぁ！　楽しそう！」

ポーラちゃんは俺の説明を聞いて喜んでいるけど、ミルとララは首を傾げて不思議そうにしている。

そりゃそうだ。ミルたちは、遊牧民だったんだから。毎日がキャンプだもんな。

「ねぇお兄ちゃん！　今日？　今日なの？」

ポーラちゃんが、ぴょんぴょん跳びはねてそう聞いてきた。

「いや、今日は無理かな」

「えー！」

流石に今日やろうとしても準備が間に合わない。それにポーラちゃんたちも、お弁当を食べたばかりのはずだ。

その時、リーファとアーシアさんがこちらに近付いてきた。

「ご主人様、なら明後日はどうでしょう？　食材は私たちで用意するにしても、オオ爺サマにもお話をして許可をもらっておかなければなりませんし」

「シグムンドさん。私も明後日くらいの方がありがたいです。小さな子たちを連れていくには、いろいろと準備もありますから」

「なるほど。でも天幕やテーブル、椅子や寝具は俺に任せてください。子供たちが準備するのは、自分の着替えくらいかな」

俺が考えているのは、キャンプと言ってもテントは使わないものだ。テントを子供たちの人数分張るなんて大変だからな。

代わりに、モンゴルのゲルみたいな天幕を用意しようと思っている。あれなら二張りもあれば、孤児院の子供たち全員が寝れるだろう。


そこからが大忙しだった。

まず、森の拠点に戻った俺は、セブールやリーファに手伝ってもらい、ゲルを二セット用意した。念のため組み立てて不具合がないか確認し、組み立てたまま影収納にしまう。

「リーファ、ブラン、ノワール、トムで寝台を頼めるか？」

『「「お任せください」」』

「セブールは、野菜や果物の収穫と、倉庫から適当に食料のピックアップを頼む」

「承知しました」

拠点のみんなに仕事を振り、俺は一人森へと向かう。

ちなみに、ルノーラさん、ミルとララも、リーファ、セブールのお手伝いをしてくれている。

で、俺が森で何をするかというと、肉の確保だ。

広域探知で、食べて美味《おい》しい兎《うさぎ》系、鹿《しか》系、猪《いのしし》系の魔物を探し、サクッと適当な量を確保する。

あとは拠点に戻って、みんなで手分けして下拵《したごしら》えだ。

ララが肉の塊を見てテンション上げている。

「お肉！　お肉！」

「ララ。これはキャンプ用だよ」

ミルがララに釘を刺しているが、先に少し食べさせてあげないと可哀想か。後で食べさせておこう。

◇

そんなこんなでキャンプ当日。

みんなで連れ立って、城塞都市の東門から少し離れた場所へ向かう。

『ホッ、ホッ、ホッ。今日はまた賑《にぎ》やかじゃな。キャンプと言ったか。子らが楽しげでいいのう』

「オオ爺サマ。少し騒がしいかもしれないけど、今日と明日だけだから大目に見てほしい」

俺はそう言ったけど、オオ爺サマは子供たちの様子を見て楽しげだ。

『なに。子らと触れ合うのは楽しいものじゃ』

ジルちゃんとベルちゃんは、オオ爺サマの巨体を見て最初は怖がっていたが、オオ爺サマの優しさに触れ、すぐに他の子たちと一緒になって遊んでもらっていた。

俺は、土魔法で地面をならし、天幕――ゲルを収納から取り出す。

その後はゲルの中に敷物や寝台を配置。少し離れた場所に簡易トイレも設置する。

子供たちだけなら不要かもしれないけど、大人たち用にトイレは必要だからな。

バーベキューコンロを土魔法で作り、炭を取り出して入れ、バーベキューの準備だ。

大人たちは準備に忙しいが、子供たちは遊ぶのが仕事だ。

特に、今日のキャンプはジルちゃんとベルちゃんの歓迎会と、ポーラちゃんやミルとララの頑張りに対するご褒美《ほうび》だからな。

「ニャア」

「ニャ」

「ニャ」

「うわぁ！　可愛いぃ！」

マロンとシロとクロは、主《おも》に女の子たちと戯《たわむ》れている。

「ワン！」

「グリース！　こっち！」

グリースは男の子たちと駆けっこして遊んでいる。もちろん、グリースは仔犬サイズだ。

ジルとベル以外は、大きくなって双頭のオルトロスバージョンなグリースにも慣れているけれど、
普段はこうやって、仔犬サイズで遊んでいるんだ。

「ジルちゃん、マロンに乗る？」

「うん！」

「あっ！　ベルも！」

ポーラちゃんとジルちゃん、ベルちゃん姉妹は、大きくなったマロンに乗って草原を駆けまわって遊び始めた。

シロやクロ、グリースも、子供たちを順番に乗せて草原を駆ける。

「ヤッホーイ！」

「キャハハハッ！」

楽しそうだな、子供たち。シロやクロは子供たちの相手に慣れているので、安心して任せられる。

俺が肉を焼く準備をしていると、司祭のロダンさんが近付いてきた。

「深淵の森が近いこの草原地帯で、このような遊びができるのは、シグムンド殿ならではですね」

「ああ、ロダンさん。楽しんでますか？」

「ええ。子供たちの笑顔を見ているだけで満足です」

今回のジルちゃんとベルちゃんの誘拐未遂事件。いや未遂じゃないな。

ともかく、今回のことはロダンさんも隙があったと反省しているらしい。それはアーシアさんやメルティーさんも同じで、少し落ち込んでいたみたいだ。

なんでもジルちゃんとベルちゃんにも、パワーレベリングが必要だと話していたところでの事件だったんだとか。

ちなみに、このキャンプにおいての警備は万全だ。

オオ爺サマ用のゴーレム部隊に加え、うちのゴーレムの中では最強のクグノチがいる。そこにリーファ、セブール、ブラン、ノワール、ルノーラさん、ロダンさん、アーシアさん、メルティーさんと揃っているから、蛮族や盗賊がいくら来ても大丈夫だ。

それに加え、オオ爺サマがいることで魔物はまず近寄らない。さらにシロやクロ、マロン、グリース、そしてルノーラさんの従魔であるグレートシャドウオウルのパルもいる。

まあ、俺がいる時点で、仮に邪神《じゃしん》が攻めてきても大丈夫な自信はあるけどな。

さて、そろそろいいかな。

「おーい！　肉が焼けたぞぉー！」

「「うわー！　お肉だぁー！」」

俺が声を掛けると、遊んでいた子供たちが一斉に集まってくる。

そうなるとしばらく大人組は大忙しだ。

お腹を空かせた子供たちがすごいペースで肉を頬張る。大人たちはドンドン肉を焼く。

あと、まだ肉が食べれない小さな子には、離乳食《りにゅうしょく》を食べさせてあげないといけない。うちの孤児院、赤ちゃんが少ないからまだマシだけど、他所の孤児院は大変だろうな。

「ミル、ララも、お肉ばかりじゃなくお野菜も食べなさい」

ルノーラさんが、ミルとララをそう注意した。

「うへぇー、分かってるもん」

「ララ、お肉がいい！」

あの二人は森の拠点では普通に野菜を食べるんだけどな。拠点で作られる野菜は美味しいからな。多分、今は肉を貪《むさぼ》る周りの子供たちに影響されてるんだろうな。

チラッとジルちゃんとベルちゃんの方を見ると、だいぶみんなと馴染んできているようだ。これもポーラちゃんが率先してフォローしているからだろうな。

それプラス、今回二人が誘拐された事件を他の子供たちも重く受け止めていて、自分たちが守ってあげないとと思っているみたい。

しばらくして、まるで戦争のようなバーベキューが終わり、大人たちは後片付け、子供たちはしばし休憩《きゅうけい》だ。

俺は片付けを手伝った後、キャンプファイヤーって呼ぶには大袈裟《おおげさ》だけど、焚火《たきび》をやるために薪《まき》を組み上げる。

キャンプにはキャンプファイヤーだよな。まあ、俺もやるのは前世の小学生ぶりなんだけどな。どのくらい昔か分からないくらい昔の話だ。

やがて日が暮れ始め、焚火に火が灯《とも》ると、大人も子供もその周りに円を作って囲む。

パチパチと薪がはぜる音を聞きながら、思い思いにお喋《しゃべ》りする子供たち。

俺の横に座っているリーファが、楽しそうにみんなとお喋りする、ジルちゃんとベルちゃんを見てホッとしたように言う。

「ジルちゃんとベルちゃん、元気になってよかったですね」

「ああ。誘拐されるなんてトラウマものだからな。ポーラちゃんやミルとララが助けたのがよかったんだろうな」

「そうですね」

実際、ショックすぎて精神的ダメージを負っても不思議じゃなかったもんな。

この先も注視する必要はあるけど、アーシアさんやメルティーさんが言うには、今のところ二人が、夜うなされることはないそうだ。

そこにオオ爺サマから念話が入る。

(そこのお嬢ちゃん二人が拐《かどわ》かされたのか)

(ああ、すぐにポーラちゃんやミルとララが追いかけて奪還したけど、怖い思いはしただろうな)

(ふ〜む。これはワシも頑張らねばいかんの)

(ひょっとして人化のこと?)

(うむ。ワシが人型で都市の中にいれば、そんな不埒者《ふらちもの》など子らに近付けさせんかったからな)

(まあ、そんなに急がなくても大丈夫だよ。そうそう誘拐なんてないだろうしな)

(ふむ)

オオ爺サマとしては、自分が人化の術を完成させていれば、ジルちゃんとベルちゃんの誘拐は防げたと思っているようだ。

オオ爺サマは、神が創った古竜の長の黄金竜だ。悪意を察知するなんて簡単。それなら確かに、誘拐されることもなかっただろうが、まあ、タラレバの話だ。深く考えても仕方ない。

まあ、オオ爺サマは、自分を慕《した》う子供たちを守ってあげたいんだろうな。

流石、神使《しんし》。その善性には関心するよ。


やがてどっぷりと日が暮れ、草原地帯を星明かりが支配する。

「うわぁー！　お星様がいっぱい！」

「ほんとだ！　手が届きそうだよ！」

「お姉ちゃん、綺麗だね！」

ポーラちゃんやミルとララが空を見上げ、その満天の星に感激の声を上げた。

それをきっかけに子供たちの喜ぶ声があちこちで聞こえる。

排気ガスなんて存在しないこの世界の夜空は、文字通り満天の星が広がっていた。

俺が前世で見た星座など当然一つも存在しないが、そんなことどうでもいいくらいに美しい。

そこにジルちゃんとベルちゃん姉妹が話す声が聞こえてきた。

「お姉ちゃん。わたし、お空の星を見たの初めて」

「……本当だね。お姉ちゃんも初めてだよ」

姉妹の会話を聞いて、そういえば俺もこの世界に来て、夜空を見上げたことはなかったかもしれないと思った。

ポーラちゃんに至っては、盲目だったからな。他の子たちも孤児という境遇では、夜空を見上げる余裕もなかったのかな。

そんな子供たちの表情が、今明るいのは救いだな。

六話　古竜の代わり

しばらく経ち、オオ爺サマは以前から挑戦していた人化の術をマスターした。

人化したので家が必要になったが、城塞都市内に屋敷を用意していたお陰で慌てずに済んだ。

「シグムンド殿、わざわざワシのために人間用の住処《すみか》をすまんな」

「いや、この程度はなんでもないから。気にしなくてもいいですよ」

人化したオオ爺サマの見た目は、人間の年齢で言うと六十代くらいか。

人化をする際、その見た目は術を行使した本人次第で決められるもんなんだけど、若い見た目にはしなかったようだ。

とはいえ、背筋もピンと伸び、長めの白髪と髭を蓄《たくわ》え、すごく渋くてかっこいい。

「ほぉ、人間の住処はこうなっておるのか。興味深いのぉ」

「気に入ってくれたならよかった」

「人の営《いとな》みには興味があったからの。それに、この姿なら人間と同じものが食べれるしの」

オオ爺サマたち古竜は、基本的に食事は嗜好品《しこうひん》で、魔力さえあれば、本当は食べる必要はない。

だけど食事をすることに興味があったみたいだな。

「なら、料理とか、屋敷の細々《こまごま》とした雑事をしてくれる人を雇おうか」

「おお、それはありがたい。ワシはこの姿には慣れんから、まだ何もできないからの」

「セブール、頼めるかな？」

俺が聞くと、側にいたセブールが答える。

「お任せください、旦那様。魔王国に知り合いの料理人が何人かいますし、身の回りの世話も心当たりをあたってみましょう」

俺たちのメイド的存在である、ブランやノワールのようなオートマタをオオ爺サマ用に作ってそれをパワーレベリングしつつ育てて進化させることも可能だけど、正直面倒くさすぎる。なら、何人か雇い入れた方が楽だ。

人を雇うことが決まったが、そこでオオ爺サマがどこで聞いたのか、お金の話をしてきた。

「すまんのぅ。給金はワシの鱗を何枚か渡せばいいか？」

そんなことを言うものだから、セブールが慌てて止める。

「イヤイヤ、古竜の鱗なんて渡しちゃダメですぞ」

「ああ、給料は俺から出すから、オオ爺サマはその辺のことは心配しなくてもいいよ」

ただでさえ古竜など伝説の存在なのに、その古竜の長の黄金竜の鱗なんて、世間的にどれだけの価値になるかセブールでも分からないよな。

俺も高ランクの魔物素材が高価で売買されるのは知ってるし、実際に深淵の森の魔物素材は高く売れる。だけど、古竜の鱗なんて貴重すぎて、値段がつかないレベルなんじゃないかと思う。

だがオオ爺サマは、世話になりっぱなしが嫌なようで、黄金に輝く鱗を取り出して俺に渡してきた。

「いや、ただで世話になるのも悪い。シグムンド殿に何枚か鱗を渡しておくので、それを換金して使ってくれるとありがたい」

「いや……うーん……分かった。預かっておくよ」

実際どうするかはともかく、俺もオオ爺サマの気持ちを汲み取り、とりあえず受け取っておくことにした。


オオ爺サマの屋敷から帰る道、セブールとリーファと話し合う。

「これ、売れないよな？」

オオ爺サマにとって、鱗なんて定期的に生《は》え替わるものなので、重要という認識じゃないらしい。

俺にポイッと渡した鱗は、そのまま盾にできそうな大きさの鱗、十枚。

「一枚でもオークションでどんな値段がつくか分かりませんな」

「お祖父様。魔王国のオークションじゃないと無理じゃないですか？」

「だろうな。西方諸国のオークションでは扱えないだろう」

「そんなにか」

「はい。オオ爺サマは、それこそ神話で語られる古竜ですから。そんな鱗など、歴史上取り引きされたことなどありません」

そうだよなぁ。神様が邪神の封印を守るために遣わした古竜の鱗……値段なんかつくわけないか。

「まあ、鱗はとにかく、オオ爺サマが人化したことによって起こることへのフォローが必要だな」

「えっと、何か起こるのでしょうか？」

俺が対策が必要だと指摘すると、リーファもセブールも不思議そうに首を傾げる。

「オオ爺サマは、子供たちの遊び相手だっただろ？　登ったり滑ったり。その代わりのものを用意するんだよ」

そう言うと、リーファは納得した様子だ。

「ああ。そうですね。では、城塞都市にも森の拠点にあるような遊具を作られるのですね」

「その通り。ミルとララ用に作った滑り台やブランコを城塞都市内に設置して誤魔化《ごまか》そう」

「……誤魔化すのですか」

「ああ。オオ爺サマものんびりしたいだろうしな。子供たちには誤魔化されてもらう」
実は、公園自体は孤児院の近くに小さいものが作ってはあるんだが、オオ爺サマがいなくなると
なると、それ一つだけでは足りないからな。せっかくの機会だし、広い公園を作るのもいいだろう。

そんなことを話しつつ、城塞都市の広大な空き地の一画に着く。

「ここなら邪魔になりませんな」

「それに警備の目も常にあるから安全だろう」

セブールと話しながら、俺はその場に土魔法で大きな滑り台を作り上げる。

滑り台の表面はツルツルにし、本体の強度も上げておくのを忘れない。

続けて手持ちの鋼材《こうざい》を取り出し、ブランコを作り上げる。

座る部分だけは木製にしたが、深淵の森産の木材なので腐らないから、耐久性は抜群だろう。

「ご主人様、この鋼材は……」

「ああ、ミスリル合金にした。錆《さ》びたら嫌だしな」

「後でトムに上から色を塗るよう言っておきましょう。このままではミスリルだとバレバレで目立ちすぎます」

「その方がいいですね」

セブールとリーファがミスリル製の遊具と聞いて神経質になっている。だが、そんなに心配しな

くても大丈夫だと思うけどな。この城塞都市内には、常に俺の眷属であるゴーレムが哨戒《しょうかい》している。だから不埒なことを企む奴なんて、即ブタ箱行きだ。

「旦那様には、世の常識を多少なりとも学んでいただく必要がありそうですな」

「まあ、でもお祖父様。いいではありませんか。ここはご主人様の地。ご主人様のなさりたいようにするべきです」

セブールとリーファが、俺のことで言い合っている。

ええ、どうせ、前世にはミスリルなんてファンタジー金属ありませんでしたから、その価値に疎《うと》いですよ。

まあ、いいか。とにかく遊具はできた。

そうだ。今度ダーヴィッド君に、鱗いるか聞いてみよ。ダーヴィッド君の父親の魔王なら、一枚くらい買えるだろう。

七話　料理人は変わり者

孤児院と教会の従魔であるマロンとグリースに子供たちが慣れ、二匹は番犬、番猫として心強い護衛役となっている。

この世界の南にある竜の大陸で邪神を封じるという長年の役目がなくなり、長期休暇中の古竜のオオ爺サマは人化を覚え、今は城塞都市の中に俺が建てた屋敷に住み始めた。

で、何が言いたいかというと……暇になった俺はセブールと一緒に、魔王国に行こうかなってことだ。

もちろん、深淵の森の拠点での農作業は済ませてある。まあ、もともとトムたちがいるから、俺がいなくても大丈夫なんだけどな。

「旦那様、くれぐれも姿を見せないようお願いします」

セブールから、念を押された。この前のペットショップも大丈夫だったのになぁ。

「分かってるよ。パニックになるんだろう？　でも姿を見せても、気配を抑えるくらいできるぞ」

「ご主人様。あのペットショップの主人は、魔王国でも強者の部類に入るのです。これから会う料理人が、ご主人様の存在に耐えれるか分かりません」

「いや、城塞都市に暮らす人たちは平気じゃないか？」

「ですから念のためと申しています。祖国である魔王国の街が大惨事となるのは心苦しいですから」

「ひどい言われようだな」

セブールの冗談だとは分かってるけど、主人に対してひどくないか？　俺の魔力操作は完璧だぞ。一ミリも漏らさないって。

そんなこんなで、セブールとリーファを伴って、魔王国の王都へとやってきた。

「相変わらず魔王城はセンス最悪だな」

「それは言わないであげてください」

巨大な城ではあるが、趣味が悪すぎる。統一感がなくゴテゴテと禍々《まがまが》しい装飾は神経を疑うよ。

けど、悪趣味については魔王国出身のセブールも自覚はあるんだな。

「で、その料理人は魔王城で働いてるのか？」

「いえ、街のレストランで働いています」

「うん。そうなのか。セブールが魔王城にいた頃に知り合ったと思ってたよ」

「間違いではありません。彼は先代魔王陛下と揉めて辞職しましたから」

セブールの話では、先代魔王はかなりの馬鹿舌だったらしい。

「先代魔王陛下は、料理人たちが作った料理より、自分で魔物を狩って血抜きもせず塩を振って焼いただけのものが一番美味《うま》いというお方でしたから」

「……それは、だいぶ料理の作り甲斐がない奴だったんだな」

血抜きもしないで塩振って焼くだけって、ダンジョンにいた頃の俺ならともかく、普通なら絶対嫌だろ。

そんな話をしながら、セブールの先導で街を歩く。

場所は魔王城から少し離れた平民街。道を歩く人の様子も様々だ。

（流石魔族だな。いろんな種族がいて面白い）

（普通、人化している者の方が多いのですが、平民街は種族本来の姿をしている者がそれなりにいますな）

頭に角《つの》がある者や、目の数が多い者、アルケニー種のセブールやリーファのように、下半身が人ではなく馬や山羊《やぎ》だったりと、見ているだけで面白い。しかも種族差別なんてまったくないのが見て分かる。

（おや、人族もいるのか？）

（ええ、旦那様もご存じのように、魔王国では終戦後、西方諸国からの移民や流民《りゅうみん》を受け入れていますので）

（そうだったな）

魔族の中に人族が交ざっていても、それほど違和感はない。肌の色はともかく、完全に人化している魔族も多いので、ぱっと見の見た目が変わらないせいだろうな。

やがてセブールは、一軒のレストランの前で立ち止まる。

ちなみにさっき決めた通り俺は姿を消し、セブールとは念話で話している。

（旦那様、ここです）

（へぇ、こぢんまりとしているが、よさげなレストランじゃないか）

セブールの案内でたどり着いたのは、高級なレストランという感じではなく、ビストロといった感じの雰囲気のいい店だった。

カラン、カラン。

セブールがドアを開けると、ドアにつけられた鈴が鳴る。

「すまんがやってないんだ」

「私ですよ。シプル」

「んっ？　なんだ、セブールさんか」

感じのいい店の外観とは裏腹に、店内は暗く、客は一人もいなかった。

「大店《おおだな》に嫌がらせを受けてるそうですね」

「チッ、どこで聞いたんだか。相変わらず地獄耳《じごくみみ》だな」

「ホホッ、褒め言葉として受け取っておきましょう」

どうやら何かトラブルがあっての現状らしい。

セブールは店主と話を続ける。

「それで、店は閉める気ですか？」

「ああ、つくづく嫌になった。もう店はいい」

「料理が嫌いになったわけじゃないのですよね？」

「当たり前だ。俺の作る料理を美味いと言ってくれる奴がいれば、それだけでいいんだ」

「それは間違っていませんが、お客が喜ぶからと、周りのレストランが困るほどに安く料理を提供するのはやりすぎでしたね。大店の嫌がらせも仕方ない部分はありますよ」

「………………」

どうやらこの店主、自分の料理を食べて美味しいと言ってもらうためだけにお店をしていたらしい。しかも、客が喜ぶからと格安で。

いや、それでよくこの店なりたってたな。

(彼は戦士としても一流でして、お店の休みには魔物を狩り、運営資金にしてたようです)

(馬鹿？　自分で稼《かせ》いで店をやるってボランティアじゃないか)

(……否定できませんな)

(こいつで大丈夫？)

(料理の腕は確かですから)

結論、ただの馬鹿だった件。

念話でセブールとヒソヒソ話していると、店主が尋ねる。

「それでセブールさんは、なんの用で俺に会いに来たんだ？」

「あなたを、あるお方の料理人として雇いたいと声を掛けに来たのですよ」

「あるお方って誰だ？　高慢ちきな貴族の料理人なんてやだぜ。俺は、俺の作った料理を美味いと食べてくれる人のために料理がしたいんだ」

「貴族ではありませんが、高貴な方なのは間違いないですね。まず、会ってみませんか？」

そりゃ神様が直々に創った神使とも御使《みつか》いとも言えるオオ爺サマなんだ。高貴なのは間違いないわな。

しばらく考えた後、店主が言った。

「……分かった。会ってみるよ。会わないで拒否するのは違うと思うからな」

「おお、それはいい。では行きますか」

「えっ、どこに行くんだ？」

「では、旦那様。お願いしてもよろしいでしょうか」

「うん？　旦那様って……」

セブールもいい歳してイタズラ好きだよな。姿を隠している俺に転移を頼んできた。

まあ、転移するんだけどな。


次の瞬間、俺たちは城塞都市にあるオオ爺サマの屋敷の前に転移していた。

「えっ!?　なっ、ど、どこだここ？」

「大陸の南東、草原地帯にある城塞都市ですな」

「へっ？　草原地帯って、あの北に深淵の森がある？」

「その草原地帯ですね」

パニックになる店主――シプルさんを見て楽しんでやがるな、セブールの奴。

昔馴染みだからか知らないが、少しだけ同情するよ。

ちなみにその後、オオ爺サマに会ったシプルさんは、竜気《りゅうき》に当てられて気絶しましたとさ。

◇

数時間後、オオ爺サマの家のダイニングからは、嬉しそうな笑い声が聞こえていた。

あの後、セブールからオオ爺サマを紹介され、その正体がお伽噺《とぎばなし》や神話に語られる古竜だと知らされ、二度目の気絶をしたシプルさん。

だが、神の御使であるマジモンの古竜様の料理人になれると理解し、変人シプルさんも「命を懸《か》けて務めます」と言って頭を下げていた。

で、食材は俺持ちで、シプルさんの料理を試食してみることになったんだ。

シプルさんは、俺が提供した食材を見て、超ハイテンションになった。さっきまで気絶を繰り返してた男と同じ男と思えない。

「こ、これは、魔王様でもなかなか口に入れられないヘルラビット！　こっちは、ビッグラクーン！」

俺たちからすれば、森の拠点付近でよく見る、角の生えたデカイ兎と狸なんだけどな。

世間一般では、出会ったら死を覚悟する魔物らしい。まあ、うちではミルやララがよく狩ってくる獲物だな。

「なんだ！　この野菜のみずみずしさ！」

野菜類は、拠点の農園で育てたものだ。

深淵の森の拠点にある農地で採れた農作物は、どれも味がいい。深淵の森の濃い魔力が影響しているからか、それともクグノチやトムたちのお陰なのか、極上の農作物が育つんだ。

うちの野菜が美味いというのは、セブールやリーファに指摘されて気付いた。試しに、他所の農作物を買って食べてみたが、その差は歴然だったからな。

「クソッ、こんなの見せられたら、他で料理なんてできねえじゃないか」

シプルさんは、悪態を吐《つ》いているようで嬉しそうだ。

その証拠に、食材を抱えてそそくさと調理場へ行ってしまった。

シプルさんの背中を見ながらセブールと話す。

「あれなら大丈夫そうだな」

「ですな。あとはオオ爺サマがシプルの料理を気に入るかどうかです」

「ああ、それが一番大事だな」

シプルさんが、ここで働きたいかどうかも大事だが、一番重要なのはオオ爺サマが喜ぶかどうかだからな。

流石にすぐに料理は完成しないだろうから、その間オオ爺サマに屋敷に足りないものはないか聞こうかな。


屋敷のリビングに移動し、リーファが淹《い》れたお茶を飲みながら、オオ爺サマに聞いてみる。

「何か必要なものはないですか？」

「う～む。人の体は初めてのことばかりじゃからな。何が必要かどうかも、今は分からん状態なのじゃよ」

「それもそうか。もう少し経たないと分からないかもしれないな」

普通に生活する分には問題ないようにしてあるはずだから、今のところ、何かがなくて困るということはなさそうだが、俺が用意したのは最低限のものだからな。

「しかし、やっぱり侍女は必要だよな？」

俺の呟きに、セブールが相槌《あいづち》を打つ。

「そうでございますな。食事の問題は、シプルが合格ならそれで解決しますが、このようにお茶を飲んでのんびりとする時間も大事ですからな」

今はリーファがお茶を淹れてくれたが、屋敷にオオ爺サマとシプルさんの二人とじゃあな。こうはいかないだろう。

そんなことを考えていると、リーファも会話に入ってくる。

「やっぱり、ご主人様がメイドのような存在を作りますか？」

「移民や流民の中からは難しいだろうしな」

「はい。美味しいお茶を淹れられるのは、それなりに裕福な家の使用人か、貴族家に仕えていた者くらいですから」

これは俺がブランやノワールのように、ゼロから作った方がいいか。前、作るのは面倒だからセブールに雇う使用人の人選を任せるとか言いはしたけどさ。

俺がそう考えていると、オオ爺サマから提案があった。

「シグムンド殿。その侍女とかいうのは、ワシの眷属ではダメかのう」

「オオ爺サマの眷属というと、チビ竜みたいな？」

オオ爺サマからそう聞かされて、今も森の拠点にちょくちょくやって来ては、ミルやララと遊んだりダラダラしたりしている竜の子供、チビ竜を思い出す。

「いや、アレは将来的に古竜へと成長する幼竜じゃ。そうではなく、人型で生み出した竜……そうじゃな、『竜人《りゅうじん》』とでも呼ぶかの」

「へぇ、そんなことができるんだな」

「うむ。まあ、侍女とかいう役割をするには、リーファ嬢に教育してもらう必要はあるだろうがの」

「古竜様、料理ができましたぜ！」

オオ爺サマとそんな話をしていると、シプルさんがそう声を掛けてきた。

「おお、ではいただこうかの」

「では、私は運ぶのをお手伝いします」

リーファも配膳《はいぜん》を手伝うため、シプルさんと調理場へ向かった。

俺たちは、ダイニングへと移動する。


ダイニングに着き、席に座ると、シプルさんとリーファが料理を並べていく。

この世界にコース料理はあるのか分からないが、俺の知る限り一度に全部配膳するケースが多い。

広いテーブルの上に、前菜、スープ、メインの肉料理が並ぶ。メインの肉料理は、ヘルラビットのローストのようだ。

俺は拠点で作ったパンと、手持ちのワインを影収納から取り出し、リーファに渡す。もちろん、グラスも俺が収納から出して用意する。

「ふむ。ワイバーンを生で丸齧《まるかじ》りするのとは比べものにならんほど美味いな」

一口食べて、オオ爺サマは感嘆した様子だ。

「うん。腕は間違いないみたいだな」

「はい。シプルの腕も鈍《なま》ってはなかったようですな」

俺もセブールとそう話した。

とにかく、料理は問題なく美味しかった。オオ爺サマも大満足のようで、その場でシプルの雇用が決まった。

「シグムンド殿。このワインは融通してもらえるのか？　それと、この柔らかいパンの作り方を教えてくれんか？」

興奮した様子で騒ぐシプルさん。

「まあ落ち着け。ワインは大量じゃなければオオ爺サマにプレゼントするし、パンの作り方も教えるから」

「本当だな！　絶対だぞ！」

シプルさん的には、信じられないレベルのワインと、柔らかく小麦の風味が香る美味しいパンが衝撃だったらしい。

何はともあれ、料理人が決まってよかった。

残るは侍女ということで、先ほどの眷属の話の続きだ。

「で、さっきの竜人なんだが、チビ竜とは作り方が違うのか？」

俺はオオ爺サマにそう尋ねた。

「ああ、あの幼竜はワシの竜気と魔力で誕生したが、今回は寿命で死んだ属性竜のオーブを使うのじゃ」

詳しく聞くと、成長すれば将来古竜の一員となれる存在であるチビ竜は、神から授けられた特別な魔法陣に、オオ爺サマの竜気と魔力を大量に注ぎ込み誕生したそうだ。

今回誕生させる眷属は、寿命で死んだ属性竜が遺《のこ》したドラゴンオーブと呼ばれるものが使われる。

ちなみに属性竜っていうのは、火とか水とか、魔法に見られるような属性を授かった竜のこと。

ドラゴンオーブというのは、寿命で死んだ竜だけが遺す特別なアイテムらしい。

「属性竜は古竜ほどではないが、高い知能を持っておる。その知識と経験がオーブに宿っておるのじゃ」

「なるほど、それでチビ竜と違って、生まれた瞬間から成長した大人の竜人となるんだな」

「その通りじゃ」

ドラゴンオーブから誕生した竜人は、成長して進化したとしても古竜までは至らないが、属性竜レベルまでは多分進化が可能だと思うとオオ爺サマが言う。

オオ爺サマがここで『多分』とか『思う』と言ったのは、オオ爺サマもドラゴンオーブから眷属を生み出したのは、はるか昔の話で、しかも属性竜レベルに至った眷属をまだ知らないかららしい。

そこで考え込んでいたセブールが、オオ爺サマに聞く。

「もしかしてですが、魔王国に少数残る『竜人族』は、オオ爺サマの眷属が祖先なのでしょうか？」

「そうであろうな。もはや血が薄く、関わりを感じるのも難しいが」

「やはりそうでございましたか」

セブールに聞いてみたら、魔王国には少数だが竜人族という種族がいるらしい。

「頑丈な体に二本の角、鱗と尾を持つ種族です。が、竜人とは別物のようですな」

「ふーむ。竜の血が薄まったせいで、力のコントロールが未熟なのであろうな。本来の竜人は、角はあるが、他は人族と変わらぬ姿じゃ。戦闘時に、羽、尾、爪、そして鱗を纏《まと》う場合もあるがな」

ちょっと残念そうなオオ爺サマに言う。

「でも血が薄まってても角はあるんだな」

「角は竜種《りゅうしゅ》のアイデンティティじゃからな」

「えっと、でもなくても大丈夫なのか？」

「人化したワシに角などないじゃろう」

「そういえば。本当だ」

セブールの言う、魔王国の竜人族は血が薄まりすぎて、魔物のリザードマンに近い存在になっているみたいだな。ただ竜人族をリザードマンと間違うと、激怒されるから気を付けろというのは魔王国での常識らしいから、一緒にするなと言われるかもしれないが。

「まあ、でもよかったよ。せっかく眷属を生み出しても、リザードマンのような鱗と爪だとお茶を淹れるどころじゃないからな」

そう口にしたら、セブールがもう一つ懸念点を上げる。

「ですな。しかし、竜人の眷属が誕生すると、魔王国の竜人族が押し寄せそうではありますな」

セブールが気にしてるのは、竜人族から見れば完全に自分たちの上位互換となる存在が誕生すれば、魔王国の竜人たちが自分たちの始祖として、崇拝対象にするだろうということらしい。

「心配いらないだろう。ここと魔王国は遠いぞ」

「旦那様、その魔王国の第二王子が定期的に行き来しているのですが……」

そ、そうだった。ダーヴィッド君から魔王国に話が漏れるかもしれないな。

「ま、まあ、その時はその時だ。オオ爺サマがここに来てしばらく経つが、竜人族が来ないのは、きっとひっそりと暮らしているからじゃないのか？」

「その通りです。オオ爺サマの存在を知ったなら、普通ここは竜人族の聖地巡礼の地となるでしょうから」

「まあ、心配いらんじゃろう。竜種は上位の存在に逆らうことはないからの」

「じゃあ、大丈夫だな」

セブール、オオ爺サマとそんな話をした。

とにかく、オオ爺サマが眷属を生み出すのは確定しているんだから、さっさと誕生させてしまった方がいいだろう。

「オオ爺サマ、こうやって考えすぎても進まないから、とりあえず眷属を誕生させてもらえるか？その後、ブランやノワールに侍女としての教育をしてもらう必要があるしさ」

「そうじゃな。それでは城塞都市の外でするか。ワシの魔力が溢《あふ》れると、街の住民が驚くじゃろうからな」

「驚く程度では済まないでしょうから、その方がいいですね」

確かに、セブールの言う通り、この街中でオオ爺サマの魔力が溢れたら、住民はよくてパニックだ。心臓の悪い人は、下手すると危ないかもな。

「あっ、そうだ。オオ爺サマ。その眷属を作るっていうのはいいんだが、どんな状態で誕生するんだ？」

俺はオオ爺サマに確認する。どんな状態で眷属が生まれるのかは重要だからな。マッパなら服を用意しておかなきゃいけない。

ブランとノワールもマッパだったが、作り出したのは屋敷の中で、しかも深淵の森の拠点だったからな。草原地帯で竜人が、マッパの状態で生まれるのはアウトだろう。

「ん？　どういうことじゃ？」

「つまり、服を着てない状態で誕生するのか？」

俺がさらに聞くと、オオ爺サマは怪訝《けげん》な顔をしてから、納得した表情になる。

「当たり前じゃろう……って、ああ、人間は外では服を着るのが常識じゃったな」

「リーファ、服の用意を頼めるか？」

「男性でも女性でも大丈夫な服を用意しておきます」

やっぱり裸の状態で誕生するようだ。危ない危ない。

リーファが気を利かせてくれたが、一応魔法で結界を張って周囲から隠した方がいいかな。

さて、じゃあ外に行くか。

八話　竜人誕生

オオ爺サマ、俺、セブール、服を持ってきたリーファで、城塞都市の東門から出て、草原地帯を歩く。

農地のない場所まで来ると、俺は結界を張り、周りから見られないよう遮る。もちろん、もともと物理攻撃と魔法への結界なので、不測の事態があっても大丈夫だと思う。

オオ爺サマが、ピンポン玉くらいの大きさの楕円形《だえんけい》の赤い石を取り出した。

これがドラゴンオーブか。思っていたよりも小さいと感じたのは、魔石《ませき》と比べてしまったからだろう。

てか、何気にオオ爺サマも空間収納系の魔法を使えるんだな。

まあ、当たり前か。人間よりも高度な知能を有し、悠久を生きる古竜だもんな。

「オオ爺サマ、それがドラゴンオーブなのか？」

「うむ。火竜のドラゴンオーブじゃ」

俺の問いかけに頷くオオ爺サマ。

ちなみにドラゴンオーブの色は、その竜が生前どの属性かによって変わるそうだ。

火竜《かりゅう》なら赤いオーブ。水竜《すいりゅう》なら青いオーブ。風竜《ふうりゅう》なら緑色のオーブ。地竜《ちりゅう》なら黄土色のオーブ。

氷竜《ひょうりゅう》なら白いオーブ。雷竜《らいりゅう》なら黄色いオーブ。光と闇は、属性竜にはいないらしい。

「では始めようかの」

俺やセブール、リーファの視線が、オオ爺サマの手に集中する。

それなりに生きて物知りのセブールでも初めて見るレベルの珍しい光景だから仕方ない。

それはそうだ。この大陸ではお伽噺レベルの古竜が、その眷属を作る瞬間なんて、誰も見たことがないに決まっている。

オオ爺サマに頼まれていた寝台を草原に置くと、その上にドラゴンオーブが載せられ、オオ爺サマが人化形態からもとの竜形態——黄金竜の姿に戻る。

日の光に、オオ爺サマの黄金の鱗が反射し、オオ爺サマの体から竜気と魔力が、赤いドラゴンオーブ目がけ噴き出す。

「……これは結界を張っていて正解だったな」

「はい。一般の民ではショック死する者もいたでしょうな」

「流石は古竜の長ですね」

そんなことを話す、俺、セブール、リーファ。

俺は別にして、セブールとリーファでも、オオ爺サマの迫力には若干押され気味なほどだ。近くに住民のいない場所を選んでよかったな。

やがてオオ爺サマの竜気と魔力を吸い込んだドラゴンオーブが光り始める。

「なかなか興味深いな」

「でも、旦那様なら、同じことができるのでは？」

「いや、知識、経験、記憶が形となったドラゴンオーブありきのものだから、オーブなしでは難しいんじゃないか？」

「それもそうですね」

セブールとリーファと話している間にも、ドラゴンオーブの光は大きく強くなっていく。

オオ爺サマは、自分の竜気と魔力を精密にコントロールしている。

「おっ、そろそろだな」

「……これは、素晴らしい」

「奇跡を目にしているようです」

そう話す俺たちの目の前で、光が人の形へと収束し変化していき、やがてその場に一人の竜人が横たわった状態で現れた。

『ふぅ、やれやれ。久しぶりに眷属を生み出すと疲れるのぅ』

オオ爺サマは疲れた様子で言うと、竜の巨体が光と共に収縮して、人化形態に戻る。

「……リーファ、服を頼む」

「承知しました」

俺が言うと、リーファがテキパキと服を着せる。ついでに防具も装備させておく。

竜人は、まだ意識がないようだ。

俺はその様子を見てコメントする。

「オオ爺サマ。女の竜人なんだな」

「ふむ。そうだったみたいだの。遠い昔のことで、あのオーブのもとがどんな竜だったか覚えてなかったのう」

「まあ、それもそうか」

オオ爺サマが持っていたドラゴンオーブは、はるか昔に寿命を終わって結晶化したものだ。そのドラゴンオーブが、どんな竜のものだったかなど覚えているわけないか。

俺も寿命というくびきから解放された存在ではあるが、実際に悠久の年月を生きてきたオオ爺サマは、また感覚が違うんだろうな。

「なあ、オオ爺サマ。竜人が起きた時に備えて、竜形態を取ってなくてもいいのか？」

ふと気になって、そう尋ねてみた。

「問題ないぞ。ワシの眷属じゃ。どんな見た目をしていようが、ワシが古竜であることは分かる」

「なるほど。それもそうか」

確かに、眷属が主人を見間違えることなんてありえないか。

俺も自分の眷属がどこにいるのか分かるしな。それくらい、眷属との繋がりは強い。

「ご主人様、オオ爺サマ。眷属の方が気付かれたようです」

「分かった」

リーファに返事をして、オオ爺サマと寝台に向かう。

するとオオ爺サマの気配を感じ取ったのか、竜人がよろけながらも起き上がって寝台から降りると、その場に膝をつき、頭を下げた。

「黄金竜様。眷属として再び現世に生み出してくださり、感謝いたします」

「よいよい、堅い挨拶は無用じゃ」

リーファが用意したユニセックスな服を着た竜人は、赤い長い髪、赤い瞳、浅黒い肌の、長身の美女だった。見たところ鱗などなく、竜人と分かる特徴は二本の竜の角くらいだ。

「さて、お主《ぬし》には、ワシの身の回りの世話を頼みたいのじゃが」

「光栄の極みです。誠心誠意務めます」

随分と真面目で丁寧《ていねい》だな。

その時、急にオオ爺サマが俺の方を見る。

「シグンムンド殿、すまんがコヤツの名前を考えてくれんかのう。我ら竜は、名を名乗る習慣がないからのう」

「それもそうか。確かに、オオ爺サマやチビ竜は名前じゃないもんな。けど侍女として働くなら、名前は必要か」

オオ爺サマからいきなりお願いされてしまったが、うーん……

「……ギータでどうだろう？」

俺が提案すると、オオ爺サマが頷く。

「ふむ。いい響きじゃ。では、そなたは今日からギータと名乗るがいい」

「はい。感謝します、黄金竜様」

竜人の女性改め、ギータも名前に不服はないようだ。

◇

その後、城塞都市のオオ爺サマの屋敷に戻り、ギータはリーファから簡単にメイドとしての指導を受けた。

まだまだ人間形態の体には馴染んでいない様子だったが、日常生活には問題なさそうだ。

今後、リーファ、ブラン、ノワールが、交代でギータに侍女としての仕事を仕込んでいくらしい。

……そういや、人間形態での戦闘訓練もした方がいいかな。まあ、それはおいおいか。

こうしてギータが誕生して数日が過ぎた。

元属性竜だったギータの身体能力は、身体能力が高い種族と言われる魔族の能力も、はるかに凌《りょう》駕《が》していた。

ギータが慣れるまで、しばらくオオ爺サマの屋敷の食器類は全部木製になったくらいだ。俺も慌てて、屋敷自体に強化の付与を掛けたさ。

ただ、そんなギータもセブール、リーファ、クグノチ、アスラに及ばない。そのことにギータ自身が驚いていた。

まあ、ギータもレベルが上がれば、セブールやリーファ並みに強くなれると思う。

◇

そして俺たちは、また草原地帯の外れに来ている。今日は、ギータの能力試験だ。

ギータに何ができて、何ができないか。それを確かめる必要がある。

オオ爺サマ曰《いわ》く、竜人は人型形態と竜形態があるらしい。まずはそこから確認だ。

「ギータよ。準備はいいか？」

「はい。長様」

オオ爺サマの号令で、ギータが竜化を試す。

「では、いきます！」

ギータが光に包まれ大きくなっていく。やがて光が収まると、全長十五メートルほどの火竜が現れた。

『……オーブの記憶にあった属性竜の姿と比べると、小さくなったみたいです』

「ふむ。能力的にはどうじゃ」

『はい。半分程度かと思います』

流石に属性竜だった頃と比べると弱体化しているらしい。

ただ、生まれたばかりのギータなので、ここからレベルアップすることで、属性竜だった頃と遜《そん》色《しょく》ない程度まで力を取り戻すだろうとオオ爺サマが言う。

「戻っていいぞ」

『はい』

ギータがもとの竜人形態に戻る。

「……リーファ」

「少しお待ちください」

リーファが服を着せるために、ギータのところへ駆けていく。

「オオ爺サマのように、服を含めて魔力で生成できるようにならないとダメだな」

「そうじゃの。竜形態になるたびに、いちいち服を破っていてはなぁ」

そこから急遽《きゅうきょ》オオ爺サマによる、魔力による服生成講座が行われた。

何度か失敗し、そのたびにリーファが服を持って駆けていく光景が繰り返されたが、そのうちなんとかギータは自前の魔力での服生成に成功した。

「ご迷惑をおかけし、申し訳ありません」

「まあ、結果オーライだな」

「うむ。誕生したばかりじゃし、仕方なかろう」

申し訳なさそうに謝るギータに、俺もオオ爺サマも気にすることはないとフォローしておく。

実際、人化などしたことがなかっただろう属性竜が、新しい魔法を覚えるんだから仕方ない。

そこで俺はふと、セブールが話していた魔王国にいる竜人族のことを思い出した。

「なあギータ。部分的に竜化とか可能なのか？」

魔王国に暮らす竜人族は、二本の角だけじゃなく、体に鱗があったり尻尾や羽を持ったりする者もいると聞いたからな。

ギータが竜人形態で戦闘するにしても、火竜だった頃の戦い方、爪や牙や尻尾を使った肉弾戦《にくだんせん》がしっくり来るんじゃないかと思ったんだ。

「ほぉ、それは興味深いのぉ」

「……やってみます」

ギータに提案してみると、オオ爺サマも面白そうと乗り気だ。

ギータも少し考え、精神を集中する。

「……はっ！」

ギータは、気合の声と共に両腕を広げる。すると腕を赤い鱗がビッシリと覆《おお》い、鋭い爪が伸びる。

「はっ！」

次に足も腕と同様に鱗で覆われ、その見た目はまるで竜のよう。

「ふんっ！」

次の変化は、背から竜の翼が出現。

その翼の大きさから、羽ばたいて飛ぶのではなく、飛行を補助する役割なんだろう。

「おお、かっこいいな」

「屋敷では邪魔になりそうじゃな」

興奮してしまう俺と、残念な感想のオオ爺サマ。

ま、まあ、邪魔だわな。

「その状態での動きはどうだ？」

「試してみます」

ギータにそう言い、部分的竜化の状態での動きを確認してもらう。

その後、竜化を含めていろいろと能力を確認してみたが、完全竜化が一番戦闘力が高く、その次に部分的竜化、一番低いのが竜人形態と分かった。

完全竜化形態の強さは、ブレスを放てるのと、全身を鱗が覆っているのが大きい。攻撃力、防御力共に、一番強いのは間違いないだろう。

ただ、竜人として誕生したからか、この状態では魔力や竜気の燃費が悪いらしい。

その次が部分的竜化形態なのは、部分的でも竜化すれば防御力が上がるのだから、妥当だろう。

完全竜化と違い燃費もいいので、使いやすそうだ。

竜人形態は、ギータが今後武器を使うようになるならアリだろうな。鱗の防御力はないが、それでも頑丈なのは変わらない。

「竜人形態と部分的竜化形態で、少し訓練した方がいいかもな」

「うむ。屋敷での仕事も大変じゃろうがの。シグンムンド殿、頼めるか？」

「ああ、侍女の仕事はリーファたちにお任せだけど、人型形態での戦闘なら教えれるからな」

オオ爺サマと相談して、侍女としての仕事を覚えるのと並行して、ギータの戦闘訓練も行うことにした。

「よろしくお願いします」

ギータはそう言い、俺に頭を下げてきた。

せっかく竜気なんて操れるんだ。それを利用しないのはもったいない。もしかしたら、内功《ないこう》を重要視した中国拳法のような戦い方ができるかもと思ったんだ。

発勁《はっけい》や浸透勁《しんとうけい》のような技って、ロマンだよな。

九話　ギータは真面目

あれからギータは、屋敷ではリーファやブランとノワールから侍女としての仕事を教えてもらい、俺からは戦闘を教わっている。

ある程度、人型形態での戦闘に慣れたら、深淵の森の浅い位置で魔物を狩っての訓練だ。

ギータは、竜人だけありすごくタフだった。疲れ知らずだし、高い知能なので、初めての知識もスポンジのように吸収していく。

しかも性格も真面目なギータは、うちのリーファ、ブラン、ノワールに気に入られている。

ミルやララとも対面済みで、二人は「角のお姉ちゃん」と呼び、懐《なつ》くのも早かった。

オオ爺サマも、ギータには満足そうだ。

「どうでしょうか？」

「……ふぅ、美味しいぞ」

「あ、ありがとうございます」

丁寧に淹れたお茶をオオ爺サマに出し、その感想に笑顔が溢《こぼ》れるギータ。

その隣にいたリーファが声を掛ける。

「お茶を淹れるのは慣れたようですね」

「はい。リーファさん。次は料理がもっと上手になりたいです」

「料理は多くのレシピがありますが、基本をしっかりと練習すれば大丈夫です」

「はい。頑張ります」

料理人はシプルがいるので、ギータがする必要はないのだが、実はシプルはデザートが苦手だった。甘いものが苦手なシプルは、甘さ控え目だとしても、デザートを作るモチベーションが湧かないらしい。

しかしお茶請《ちゃう》けにお菓子が欲しい時も当然ある。なので、それをギータが頑張ってカバーしようと思ったらしい。

まあ、リーファ、ブラン、ノワールたち女性陣は甘いものが大好きだが、デザートにかける情熱は、俺やセブールには理解できない部分ではあるんだが。

ちなみに、オオ爺サマはお酒も好きだが、甘いものが好きで、出されると喜んで食べている。

それからギータは仕事を覚える以外にも、セブールから大陸史や現在周辺の状況なども学んでいる。

ギータのもととなったドラゴンオーブの火竜が健在だった頃は、古竜ではないため邪神の封印を監視する役目もなく、自由に行動できたわけだが、この大陸には降り立ったことはなかったらしい。

大陸が視認できる距離を飛んだ記憶はオーブに残っているが、それも数回のことで、基本的には南の竜の大陸から出ることはなかったようだ。

そのため、種族を問わず人間のことはほとんど知らない状態だったので、一から学ばなければならなくて、学びが必要な部分は多く、セブールが教師となって毎日教えている。

ちなみに、オオ爺サマもこの大陸や人間に関しては無知に近いので、ギータと机を並べて学んでいたりする。

◇

私の名前はギータ。

私のもととなったドラゴンオーブを遺した、火竜には生きていた頃に名前などなかったが、長様――黄金竜様の眷属、竜人として誕生したからには、名前が必要だと付けていただいた。

その名付け親となっていただいたのが、シグムンド殿。

シグムンド殿は神が創造した古竜の長、黄金竜様をはるかに超える力を持つらしい。まるで冗談みたいな存在だ。

それに、シグムンド殿の眷属もおかしいと思う。セブール殿やリーファ殿を筆頭に、アレは本当にゴーレムなのか疑問に思うが、クグノチ殿や熊系の魔物であるアスラ。他にも一筋縄ではいかない眷属がたくさん存在する。

私もこの体に慣れ、もっと強くならねばと思う。

その点、この場所は強くなるには都合がいい。深淵の森と呼ばれている場所には、竜の大陸にいたワイバーンを超える強さの魔物が多く生息している。

それに加え、シグムンド殿から体術を学んでいる。そのうち武器術も修得するのも面白いかもしれない。

シグムンド殿は、私の持ち味である部分的竜化形態を上手く使う修練を勧めてくれている。

実際、私も爪や尻尾を使ったり、ブレスを使ったりする攻撃は、属性竜だった頃の戦い方と近い部分があるのでしっくりと来る。

とはいえ、まだまだ先は長そうだが。

侍女としては、お茶を淹れるのに慣れて、長様に満足していただいていると思う。

「ギータも一緒に飲むといい」

「ありがとうございます」

よくそんな風に言ってくださる長様。

使用人が主人と一緒の席でお茶を飲むなど、人間の常識ではいけないことなのかもしれないが、この屋敷では長様がおっしゃることが正義だ。

長様の向かいのソファーに座ると、お茶を一口飲む。

口の中にいい香りが広がる。私も長様も、この紅茶と呼ばれるものが気に入っている。

本来、劣化竜《れっかりゅう》以外の竜は、飲み食いする必要はない。南の大陸では嗜好品としてワイバーンを食べることはあったが、どちらかといえば暇潰しに近かった。

だが、こうしてみると、飲み食いというもの悪くないものだ。

「どうじゃ、ギータ。だいぶ慣れたかのう？」

「はい。まだまだ長様にはご迷惑をおかけすると思いますが、だいぶ慣れました」

「シプルとは上手くやれそうか？」

「はい。私も食事という楽しみを覚えましたから」

今のところ、万事順調と言えるだろう。セブール殿の授業には、少々ついていくのが大変だが、知らないことを学ぶのは楽しい。

午後は訓練がてら、肉の確保へ向かいます。

深淵の森の深部でなければ、一人で活動することも許可してもらった。狩りの時はリーファ殿かブラン殿かノワール殿、クグノチ殿の誰かがつきそってくれる。ついでに孤児院や教会用に、魔物肉を確保する必要があるかららしい。

さあ、午後も頑張っていきましょうか。

十話　厄介事《やっかいごと》は北の地から

細かなことに頓着《とんちゃく》しない古竜の長、オオ爺サマが眷属を作ったことは、大陸の南の端から北の端まで影響を及ぼした。

大陸の北西部の大半を領有する魔王国。その大陸一広大な領土の片隅に、古《いにしえ》の血を引き継ぐ者たちがいた。

はるか昔、古竜が生み出した眷属、竜人の末裔《まつえい》——竜人族たちである。

身体能力が高い魔族よりもずっと高い身体能力、竜由来の頑丈さを持つ。魔力量も一般の魔族よりも多く、竜人族には、魔王を務めた者もいたという。

竜人族は古竜の眷属である竜人を祖に持つゆえに、プライドが高い種族だ。しかし、現在では竜人の血も薄まり、魔族の中では比較的戦闘力が高い種族、といった程度の認識がされている。

もちろん、竜化など不可能で、ブレスを吐くこともできない。

混血が進んだせいで、竜人族の中では個人差が大きく、鱗が体の一部に残る者や、尻尾がある者、逆に尻尾を持たない者。顔がリザードマンに近い姿の者など様々だ。

鱗を持つ者も、それは竜の鱗ではないので、絶対的な防御力を誇るということもない。オオ爺サマやギータからすると、うっすらと竜の気配を感じる程度の存在だ。

◇

ある日、竜人族たちは、はるか遠くの地から竜気の波動を感じ取った。

いつもはシグムンドが結界を張っていたので、オオ爺サマの竜気は漏れない。

だが、戦闘訓練をするギータの竜気の隠匿に気を取られてしまい、オオ爺サマの竜気がこの世界の魔力の通り道である地脈《ちみゃく》を通って、はるばる竜人族の暮らす地まで、偶然届いたのだ。

「オイッ！　今の波動は！」

「ああ、間違いない。竜気だ」

「長老に報告するぞ」

「ああ、主だった者を集めろ！」

いくつかある竜人族の集落の一つ。そこで狩りをしていた竜人族の男が、確かに竜気の波動を感じた。

竜人族はその身体能力の高さから、王都で兵士として働く若者もいるが、多くは集落で独自の暮らしを営んでいた。

しばらくして竜人族の族長のところに、集落の主だった者たちが集まる。

「竜気の波動を感じたのは間違いないのか？」

「ああ、この集落のほぼすべての者が感じたはずだ」

「では、草原地帯に突然現れた城塞都市に、黄金竜様が降臨《こうりん》されたという噂《うわさ》も、あながちガセではなかったかもしれんな」

「ああ、初めて聞いた時は、俺たちを馬鹿にしているのかと思ったものだが……」

そんな会話をする集落の者たち。

「これは、他の集落の者にも、知らせねばならぬな」

「長老。それよりも実際に黄金竜様がいるのかの確認に、偵察のための人を送る方がいいんじゃないのか」

「いや、ここから草原地帯までは遠い。それよりも、草原地帯までを行き来しているキャラバンがいるじゃろう。その関係者に話を聞くべきではないかと思う」

魔王国では種族的に強者の部類に入る竜人族は、かつての戦争でも活躍している。そのお陰で、魔王国の中枢《ちゅうすう》とパイプがあった。

だから、キャラバンの指揮を執る関係者、つまり王族に話を聞くという選択肢が出たのだ。

「では、キャラバンの関係者へ問合せをすると同時に、竜人の各集落の長老に会合を打診しよう」

「では早速、使者を他の集落に向かわせよう」

広い魔王国の中でも、普通の魔族なら生きるには辛《つら》い北の地に、竜人族は暮らす。

強靭《きょうじん》な種族である竜人族は、暑さ寒さに非常に強い。薄くなったとはいえ、竜の血が入っているのは伊達《だて》ではない。

竜人族の集落はほぼ北に集まっている。なので数日あれば集結させることができた。

ちなみに他の集落でも、竜気の波動を捉えた者はいて、話はスムーズに進み、長老会が開かれることが決まった。


そしてまた数日後。

異例の早さで長老会が開かれ、竜気の波動が確認されたことが間違いではないという認識で、全員の意見が一致した。

王都に送っていた者が戻り、古竜の噂が真実だと確認が取れた。

そうなると、誰もが草原地帯へ行き、古竜に対面したいと希望し始め、収拾がつかなくなる。

天上にいる創造神に会えることはないが、竜人族にとっての神である古竜に会えるかもしれないのだ。各集落の長老までもが、自分が行きたいと主張し始める始末だった。

全集落が草原地帯行きを希望し、どこの集落も簡単には引かない。

結局、三人の長老と、各集落から選抜した人員を合わせ、草原地帯の古竜詣《もうで》をすることに決まった。

だが、そのまま出発とはならなかった。

草原地帯に行くためには、魔王国からオイフェス王国、ウラル王国、ゴダル王国を抜けていく必要がある。竜人族が大人数で行っても、すんなりと通してもらえるわけがない。

冒険者登録済みの者は、国境を通り抜けることはできるが、それでも人数が人数だ。なんの目的で移動しているのかという、しっかりとした理由が必要となる。

◇

結局、長老たちに押しきられた魔王ヴァンダードが草原地帯の担当者であるダーヴィッドに頼み、竜人族たちは商隊の列に同行する形で出発できた。しかしそれは、竜気の波動を探知してから半年後のことだった。

竜人族を引率するダーヴィッドは不安しかない。

「くれぐれも城塞都市の主人、シグムンド殿に無礼のないようにお願いしますよ。絶対ですからね」

「何度も言わなくても承知しておる」

「本当、お願いしますからね」

「くどい」

竜人族の長老にそうやって何度も念を押すが、ダーヴィッドの不安はなくならない。

というか、あまり聞いていない様子の竜人族たち。

ダーヴィッドは、苦労する星のもとに生まれたのかもしれない。


こうして、いよいよ草原地帯へ出発することになった。

「では、行くぞ」

「頼むぞ」

集落の仲間たちと短く言葉を交わし旅立つのは、竜人族の代表者たち。

やがていくつもの集落から派遣された代表者が集結し、まずは魔王国の王都を目指すのだった。

「はぁ」

一人の青年がため息を吐く。

その青年とはもちろん、厄介事を押しつけられたダーヴィッドだ。これから彼は、竜人族を引き連れて草原地帯まで行かなければならない。

種族的に強者の多い竜人族だが、寿命も竜由来なのか長く、その長老ともなると何代か前の魔王の時代から生きている。

現在魔王国の魔王であるヴァンダードも、自分を赤ちゃんの頃から知るほど長生きの竜人族の長老たちには弱かったのだ。

それはそうだ。いい大人が、しかも魔王が、おしめを替えられたという話を何度もされるのだからたまったもんじゃない。

それにヴァンダードも、竜人族が草原地帯に行きたい理由は理解できた。神と崇《あが》める古竜の長が、実際にあの地に存在するのだから。聖地巡礼ではないが、何がなんでも行きたいと願うのは当然といえる。

「ダーヴィッド殿下、早《はよ》う出発すんんじゃ！」

「はぁ、分かってますよ」

長老の一人が出発を急かすのを聞き、もう一度ため息を吐いてダーヴィッドは、出発の合図を出す。

魔王国から草原地帯への移民事業も一段落したので、現在、魔王国のキャラバンは草原地帯へは、純粋に交易のために行き来している。

交易とはいっても、取り引きする商品の量は多くない。多くないが、草原地帯からの輸入品は高ランクの魔物から採れる魔石や魔物素材、希少な薬草類といったもので、交易の重要度は高い。

最近は人を多く送るわけではないので、馬車の隊列の数もそれほどではないが、今回は急遽馬車をかき集めるハメになった。

いくら身体能力が高く、暑さ寒さに強いといっても、長老たちは老人である。外を歩かせたり騎獣に乗せたりしての旅は厳しい。

ちなみに、長老以外の若い竜人族が乗っているのは、ラプトルのような姿の騎獣だった。

そのラプトルのような騎獣がまた、ダーヴィッドの神経をすり減らしている。

足は速くタフなのだが、肉食で気性が荒く、扱いづらい。弱い乗り手の言うことなど聞かないその騎獣の名は、ランドドレイク。

ラプトルに似てはいるが、劣化竜にも数えられない存在で、オオ爺サマやギータが見ればトカゲとしか認識しないだろう。

それでも普通の魔族にとっては、暴れ馬に違いない。ダーヴィッドは、くれぐれもランドドレイクを御《ぎょ》するよう、竜人族たちに注意しておく。

道中も何かあれば大変だが、城塞都市の中に入ってから問題を起こされ、シグムンドの怒りを買えば、魔王国が滅びかねない。

まあ、シグムンド、オオ爺サマ、ギータがいる場所で、ランドドレイクごときが暴れるなんて無理なのだが、ダーヴィッドとすれば、相手は細心の注意を払っても払い足りないのがシグムンドという存在なのだ。


ようやく出発した道中でも、ダーヴィッドの苦労は絶えなかった。

竜人族たちが食料を確保してくると言って、隊列から離れて勝手に魔物を狩りに行くのを止めたり。人族の街は珍しいと、お土産になるものはないかを探して、なかなか戻ってこないのを探しに行ったり。他にも、西方諸国との戦争が終わった後、その西方諸国との関係がどうなっているかを講義をしないといけなかったりした。

「少し自由すぎるんじゃないかな」

あまりの振る舞いに、だんだんとイライラとしてきたダーヴィッド。

「殿下。多分、それも城塞都市に着くまでですよ。到着すれば、シグムンド殿はいるか分からないですが、あの非常識なゴーレムと、何より黄金竜様がいますから大人しくせざるをえないでしょう。それまでの辛抱《しんぼう》です」

だが、部下の一人から言われて納得する。

「それもそうか。なら、今は温かく見守ってあげようかな……」

「そうですね。そう考えれば、腹も立たないですし」

「本当だね」

あの城塞都市には、竜人族が逆立ちをしても敵わないゴーレムが、あちこちに巡回している。大体の魔王国の兵士は、それを見て一度は必ず心折れる。

しかも今回、彼ら竜人族が草原地帯まで行く目的である黄金竜は、神が創りし古竜の長だけあり、その存在感は半端ない。

オオ爺サマも、現地の子供たちの遊び相手になってあげているくらいには気配を抑えているが、そもそもあの地の子供たちも少し感覚が麻痺しているとダーヴィッドは思っている。

シグムンドも流石に、その強力すぎる魔力や気配を抑えているが、セブールやリーファはともかく、彼の眷属たちはそうでもない。

特にクグノチと呼ばれるゴーレムなど、魔王国の武官の長であるイグニスの類が引きつるレベルの存在だ。

「城塞都市に着いて、どんな反応を示すかと思うといい気味だね」

「ですね。なんならアスラを呼んでもらってもいいかもしれないですよ」

「やめて。僕がもたないよ」

そんな風に話すダーヴィッドと部下。

グレートタイラントアシュラベアなどという災害指定種の魔物が、草原地帯ではウロウロと巡回している。

シグムンドの眷属なので、敵対しなければ万が一にも危険はないが、何度か出会っているダーヴィッドでさえ、怖いものは怖いのだ。

「さあ、殿下。あと数日の我慢です。頑張りましょう」

「竜人族たちが、帰りは大人しくなってるといいなぁ」

部下と話しつつ、そう願うダーヴィッドだった。

十一話　少し迷惑な奴ら

ある日、俺——シグムンドに、いつものダーヴィッド君のキャラバンに、変なのが交じっているとの報告が、ヤタからあった。

「変なの？」

「おう。ギータみたいな角はあるんだけどよ。尻尾とか鱗とかもあるんだよ」

「リザードマンみたいな感じか？」

「マスター、リザードマンは魔族じゃなく、魔物だぞ」

「セブールに聞いてみるか。セブールなら知ってるだろう」

ヤタが見た、姿の特徴だけじゃハッキリしないので、セブールに聞いてみよう。

ダーヴィッド君のキャラバンにいるんだから、魔王国の種族だろうしな。魔族って、その種族により見た目のバリエーションが豊富らしいからさ。

セブールに尋ねると、答えはすぐに分かった。

「竜人族ですな」

「えっと、でもそれって、ギータみたいな竜人じゃないよな？　前にオオ爺サマが言ってた、はるか昔に生み出した眷属の末裔ってやつか」

「はい。オオ爺サマも仰《おっしゃ》っていたように、長い年月で血は混ざり薄まって、もはやギータ殿とは別ものでしょうな」

セブールによると、はるか昔に眷属だった竜人もギータと同じように竜化が可能だったので、オオ爺サマは竜人にある程度行動の自由を与えていたらしい。

そして昔の眷属であった竜人は世界を巡って子孫を残し、それが現在の魔王国の竜人族となったようだ。

「しかしそれだけ血が薄まっても、竜の血は強いんだな」

「ある意味、そう言えるのでしょうな」

セブールが言うには、魔王国の種族の中でも、竜人族は屈強な戦士を多く輩出《はいしゅつ》する種族なんだそうだ。

ただ、引きこもり体質なのか、魔王の選定には基本興味がないらしく、厳しい環境の北の地で、狩りをして暮らしているらしい。

「で、キャラバンはどんな感じなんだ？」

「ダーヴィッドの坊主が苦労してたぜ」

「へえ？」

俺が尋ねて、ヤタから聞かされたところによると、竜人族は、かなり困ったちゃんみたいだ。

自由奔放は褒め言葉じゃないぞ。魔王国の第二王子を振りまわしてどうする。

「竜人族は、竜の血を引くだけあり寿命も長いですからな。それに戦争でも貴重な戦力でしたので、辺境に暮らしているにもかかわらず、国の中枢とパイプは太いのです。今の魔王陛下のおしめを替えたなどと昔語りする長老もいるでしょう」

セブールに聞かされ、ダーヴィッド君が気の毒になる。

「うわぁ。ダーヴィッド君は、魔王にハズレクジを引かされたみたいだな」

「ええ、陛下に押しつけられたのでしょうな」

「田舎者のお登りさんを引率なんて、ご苦労様だな」

不憫《ふびん》なダーヴィッド君。数日後には到着するだろうから、美味いものでもご馳走《ちそう》してやろう。

とにかく来ることは来ちゃうだろうから、一応、その前にオオ爺サマに報告しとくかと思い、屋敷に向かう。

「う〜む。ワシの眷属の末裔か。わざわざ会いに来られてものう」

だが、渋い顔のオオ爺サマ。

「あっ、やっぱり、そういうリアクションか。まあ、そうだよな」

「それはそうじゃ。ワシがギータの前に眷属を作ったのは、とんでもなく昔じゃからの」

この辺は長寿のオオ爺サマならではの感覚だな。とにかく、親しみも湧かないくらい昔ってことなんだろう。

「で、どうする？　前みたいに、外で古竜の姿で会うか？」

「……そうじゃな。たまには古竜の姿で子供たちの遊び相手をしてやりたいし、外でにするか。屋敷の場所もバレるとうるさそうじゃしの」

「うるさい呼ばわりは流石に可哀想……いや、でもないか」

確かに、ヤタから聞いた感じからすると、うるさそうというのは当たってるようだからな。

◇

竜人族の長老が乗る馬車。その車輪から伝わる振動が、徐々に軽減されてきている。

以前は街道すらなかった場所。草原地帯の遊牧民が使う獣道《けものみち》に毛の生えた程度の道が、今では綺麗に整えられている。

これは魔王国が、草原地帯に定期的に商隊を派遣するようになってから、軍を導入して迅速《じんそく》に整えられた街道だ。

そしてここまで来れば、草原地帯は目と鼻の先だという目印でもある。

ダーヴィッド率《ひき》いる商隊は、そのままトラブルもなく草原地帯へと入る。

綺麗に整えられていたと思った街道は、ここからさらに洗練された道へと変わる。ここからは、シグムンドが魔法で作った道だ。

ダーヴィッドは、もう一度竜人族の長老に釘を刺しておく。

「長老方。くれぐれも騒ぎを起こさないでくださいね。ここは、黄金竜様よりもさらに上位のお方の縄張りですからね」

「黄金竜様よりも上位の存在じゃとお！　殿下、ふざけているのか？」

「実際、南の大陸で古竜たちが守っていた邪神の封印が破れかけた時、黄金竜様がこの草原地帯を統《す》べている方に助けを求め、草原地帯の主は黄金竜様に応えて、邪神を滅してしまったそうですから」

「なんじゃとぉ!?」

「これは黄金竜様に私が直接聞いたので間違いありませんからね」

「なっ！」

客観的に聞くと、ありえない話ではあるが、これから向かうのが実際神話の存在である古竜がいる地で、その古竜から聞いたとなると信じないわけにはいかない。

「その方は、先代魔王陛下——つまり、僕のお祖父様も足を踏み入れることが難しかった、深淵の森に住み、災害指定種の魔物を眷属にしているような人です。まあ、あの方を人と呼んでいいのか悩むところですけどね」

「………………」

長老たちも暴力の化身のような、先代魔王はよく知っている。その先代魔王ですら外縁部までしか入れなかった森に住む存在。

長老たちは、慌てて竜人族の若い衆に、ダーヴィッドが語ったことを伝え、現地では無礼がないよう振る舞うよう、指示を出した。

長老たちはそんな存在がいるとはまだ半信半疑ではあるものの、ダーヴィッドに竜人族を騙《だま》す理由もないのは理解できていた。

ダーヴィッドは、やっと大人しくなった竜人族たちを見てホッとする。

シグムンドの怒りを買うことだけは避《さ》けたいダーヴィッドだった。

◇

俺――シグムンドには、いつもの日常が戻ってきている。

深淵の森の拠点にある畑の世話をトムたちとし、ミルとララを連れて草原地帯の城塞都市に来ては、孤児院の子供たちと遊ぶ。

空いた時間でギータの訓練を見たり、オオ爺サマとお茶をしたりと、今日も俺は平常運転だ。

そして、そんな平穏な日常を満喫していたその日、ダーヴィッド君たちの商隊が、城塞都市の付近に到着した。

「じゃあギータ、オオ爺サマのところまでの案内は任せて大丈夫だな?」

「はい。私は長の眷属ですので、お任せください」

「何か困ったことがあったら言ってくれ」

「承知しました」

俺はギータに頼み、竜人族たちを先導してもらうことにする。

竜人族が近付くのを感じたオオ爺サマは、城塞都市の東側の定位置で、もとの黄金竜の姿で待機している。

前までオオ爺サマの警護に使っていたゴーレムは、そのまま配置してある。

オオ爺サマが、屋敷で過ごすようになってから、城塞都市の中をオオ爺サマの屋敷を中心に警備するようにしていたゴーレムなんだが、今日は以前の配置に戻した。

オオ爺サマが竜形態に戻ったので、孤児院の子供たちが喜んでオオ爺サマに乗って遊んでいたからな。子供たちの護衛のためだ。

さて、竜人族はギータに任せて、俺は城塞都市内の畑の世話でも手伝いますかね。

◇

草原地帯にそびえる高い城壁に、感嘆の声を上げる竜人族の長老。

「オオ！　あのような堅固な城壁が草原地帯にあるとは！」

竜人族の長老たちは、草原地帯がどのような場所なのか知っている。北にある深淵の森のせいで、人が定住することが不可能な土地だったはずだ。

それがどうだ。長老たちの目に映るのは、魔王国でも攻め落とすのが難しそうな堅牢な都市。この場所の歴史を知っている長老たちだからこそ、余計に信じられない気持ちになる。

馬車が進み、城塞都市の直近にまで来ると、堅牢な門の両脇に巨大な鋼鉄の巨人が二体、仁王立ちしていた。

「……殿下、アレは？」

長老に尋ねられ、ダーヴィッドがさらりと答える。

「アイアンゴーレムですね。もちろん、尋常な存在じゃないのは見て分かりますよね？　雨で錆びることもなく、物理にも魔法にも高い耐性があり、ある程度自分の判断で動けるゴーレムです。もはや、ゴーレムと呼ぶのも憚《はばか》られますよね」

「なっ⁉」

強さにこだわる竜人族ゆえに、長老たちには分かる。このゴーレムと戦えば、竜人族の戦士とて到底敵わないと。

「もともとストーンゴーレムだったんですけどね。魔鋼《まこう》で鎧《よろい》を作って装備させているらしいですよ」

「…………」

この門番の元ストーンゴーレムは、何度かバージョンアップしつつ今の姿になった。その間、レベリングを行い、知能の向上と動作のスムーズさを獲得している。

シグムンドも、城塞都市内のアイアンゴーレムだけじゃなく、門番こそ強化するべきだと思うに至った結果だ。

門番ゴーレムのチェックを経て城塞都市の中に入ると、門番のゴーレムとは別のゴーレムがあちこちを巡回している。

それを見ながら長老たちに説明するダーヴィッド。

「あれがアイアンゴーレムですね。門番のゴーレムとは違い、サイズは人間よりも多少大きい程度ですけど、その分動きは速く、器用に動くそうです」

「そ、そうか」

門番ゴーレムよりも小さいと言われても、それでも人族よりも大柄な竜人族よりも大きい。長柄《ながえ》の武器と盾を持って巡回しているアイアンゴーレムの威圧感は相当なものだった。

「あ、あれは……？　もはや人のようじゃが」

長老に聞かれ、ダーヴィッドは解説を続ける。

「ああ、農作業をしているウッドゴーレムですね。ウッドゴーレムと侮るなかれ、魔王国の兵士より強いですからね」

「……ここは魔境か？」

「いえ、魔境はすぐ北にある深淵の森ですよ」

「ものの例えじゃ！」

「分かってますよ」

道中苦労させられた仕返しをちょっとくらいしてもバチは当たらないだろうと、ダーヴィッドは長老を少しからかうような受け答えをする。

ところで最近この草原地帯、特に城塞都市付近の魔力濃度は高くなっている。

その原因としては、シグムンドが馬鹿みたいな量の魔力で、城塞都市を作ったのが一つ。そして、現在進行形でシグムンドの眷属であるゴーレムが活動しているのが一つ。加えて最近になって、古竜の長である黄金竜が滞在しているのが一つ。

本来なら、これだけ土地の魔力が高くなると、もはや魔境と呼ぶべき土地だ。

時間と共に魔力の澱《よど》みが魔物を呼び寄せたり、穢《けが》れた魔物が発生する魔力溜まりと呼ばれるスポットが発生したりするのだが、この地に限っては、その心配はいらない。

魔物を呼び寄せる件に関しては、シグムンドの魔力を感じれば、魔物は決して近寄ってこない。

しかも神聖な属性を帯びる黄金竜がいるお陰で、周辺の魔力は浄化され、穢れた魔物が発生する心配もない。

通常、教会もこの、土地を浄化するという役目を負っている。城塞都市にある教会も、存分にその浄化の効力を発揮していた。

教会の責任者であるロダン司祭、シスターのアーシアとメルティーが、シグムンドのパワーレベリングによって強くなったことにより、効力は高まっている。

もともと教会で行われる祭礼は、神への感謝に加え、街や村の澱んだり穢れたりした魔力の浄化も目的の一つだ。そして、それは祭礼を執り行う司祭やシスターの力量により効果が上がる。

結果、城塞都市には北にある深淵の森からの魔物が近付きがたい環境となっていた。

なので、長老の魔境呼ばわりは不適切だ。

それはともかくとして、ダーヴィッドが、落ち着かない様子の竜人族たちに言う。

「みなさんも挨拶が済まないと落ち着かないでしょうから、まずは黄金竜様のもとに案内しましょう」

「う、うむ。頼む」

なんとか返事をする、竜人族の長老。

ダーヴィッドは、城塞都市内にオオ爺サマの屋敷があることを知らないので、そのまま竜人族たちを、城塞都市の東門の方へと誘導する。

門の外にいてなお感じるシグムンドの存在感に、緊張の度合いを高める竜人族を見て、この様子なら無礼を働くこともないだろうと少しだけ安堵するダーヴィッドだった。

そうしてしばらく移動し、城塞都市の東門を抜ければ、それはすぐに目に飛び込んでくる。

日の光を反射して神々しく輝く金色の鱗。

古竜の中でもひときわ巨大な体が横たわっている。

「おお！　おお！　我らが神がおわすぞ！」

竜人族の面々が興奮した叫び声を上げる。

「「「オオッ!!」」」

「ハイハイ。大きな声は迷惑になりますからやめましょうね」

一人、ダーヴィッドだけが冷静だ。

オオ爺サマとは来るたびに挨拶はしているし、何より古竜の長よりも強い、ふざけた存在――シグムンドを知っているのだから。

長老たちを先頭にして、オオ爺サマの前に竜人族全員が膝をつく。

一人立つダーヴィッドが、オオ爺サマに訪問の挨拶をし、加えて、竜人族の用向きも伝える。

「お久しぶりです黄金竜様。今日は、竜人族の方々が黄金竜様に挨拶したいと言うので、先触れもなくいきなりですが、つれてきた次第です」

『ふむ。北の国の王族の子よ。久しいと言うほど会ってなかったかのう？　つい最近に会った気がするが、まあいい。で、竜人族のう……かつてのワシの眷属ではあるのじゃろうが、ここまで近付かないと何も感じないほど、血は薄れておるようじゃな』

オオ爺サマの巨大な顔が動き、竜人族たちを見る。

その視線に竜人族たちは、失神しそうになるのを必死で耐える。

竜人族もその身に竜の血が流れているだけあり、竜気を感じ取る力があった。

そのせいで、ダーヴィッドが平気なのにもかかわらず、オオ爺サマの濃密な竜気に気絶しそうになっているのだ。

オオ爺サマの竜気で倒れそうになりながら、なんとか耐えて挨拶をする長老たち。

「始祖なる黄金竜様。お会いできて光栄でございます」

『始祖といっても、はるか昔のことじゃ。もはや、お主たちには眷属としての血は薄れておる。ワシのことは気にせずともよい。ワシは神からの役目を終え、縁あってこの地で暮らしておるにすぎぬ。くれぐれもこの地に迷惑をかけぬようにな』

「はっ、そ、それはもちろんでございます！」

もともとオオ爺サマの血を直接引いているわけではなく、ドラゴンオーブから生み出した眷属の血を引く末裔である竜人族たちなので、いまいち親しみが湧きづらいオオ爺サマ。

特に新しくギータを眷属として生み出した後なので、純粋な竜人と、血が限りなく薄まった魔王国の竜人族との差が目についてしまう。

これはギータと会ってしまうとよくないと、オオ爺サマは思った。

(己《おのれ》らとギータとの差に、嫉妬心を持つやもしれんな)

屋敷ではなくこの場所での対面でよかったと思うオオ爺サマ。

しかしその時、オオ爺サマは眷属が近付く気配を感じた。

その気配は、北から戻ってくる。

(ああ。深淵の森で、シグムンド殿に鍛えてもらっていたようじゃの)

だんだんとギータの気配が強くなっていく。

スタッ!

空から舞い降り、羽を消すギータ。

「長様、ただいま戻りました」

『ふむ。シグムンド殿は?』

「シグムンド様は、森の拠点にお戻りになられました」

突然その場に現れたギータを見て、ダーヴィッドや竜人族たちが固まる。

特に竜人族たちの困惑は大きかった。

竜由来の角があるが、他に竜の特徴は見られない。いや、先ほどまで竜の羽で飛んできたのは見た。それが余計に竜人族たちを困惑させる。

なぜなら竜人族の中に、羽を持つ者はいないからだ。

それ以上に、最も大きな自分たち竜人族との差異は、その身に纏う竜気だった。

魔王国のはるか北の地で、自分たちが感じ取った竜気の波動。自分たちがすでにほとんど持っていない竜気を濃密に身に纏う存在。

竜人族たちは、ギータのことが気になって仕方ない様子を見せる。

だがここでダーヴィッドが、オオ爺サマとの会見の終わりを告げた。何せ今日は、竜人族たちは到着したばかりで、とりあえず挨拶しておこうと連れてきただけなのだ。

ダーヴィッドの立場では、古竜である高位の存在のオオ爺サマに対し、長い時間を割いてもらうのはよくないと気を遣うのは当然のことだった。

ギータのことが気になりながらも、ダーヴィッドに迷惑になるからと言われれば、竜人族たちは従うほかない。

長老たちと、ギータを熱い目で見ている若い竜人族たちの思いは違うようだが、とにかく竜人族たちは、渋々城塞都市の中にある、魔王国が宿泊に使う建物へと戻っていったのだった。


竜人族が去った後、ギータがオオ爺サマに聞く。

「長様。彼らは何者ですか？　竜人と似たような角はありましたが、リザードマンでしょうか？いえ、リザードマンは魔物ですよね？」

『ワシがはるか昔に生み出した、眷属の末裔らしい』

「えっ!?　同胞《どうほう》なのですか？」

近くにオオ爺サマがいたので、余計に竜人族から竜気を感じ取れなかったギータは本気で驚いてしまう。

「確かに私が部分的竜化した姿と似ている気はしますが……」

『ギータの竜化は、竜の力を発揮するためのものじゃが、あの者たちの姿は僅かな竜の名残りじゃな』

　オオ爺サマの考えでは、竜人族はほぼ魔族と変わらない存在だが、僅かに残る竜の血が影響し、あの姿となっているだけだという。

『竜の鱗は強靭じゃが、あの者たちの鱗はそれほどでもなさそうじゃったしの』

「尻尾もありましたね。魔族は種族により、様々な姿の者がいると教わりましたので、あの者たちもそういう魔族の一員かと思いました」

『まあ、血が薄れるのも仕方ないほどの時間が過ぎ去ったからのう……誰が悪いわけでもない』

　千年以上前、オオ爺サマが、竜人族の祖先にあたる竜人の眷属を生み出したのは、人間の住む大陸の様子も確認したかったからだ。

　チビ竜を見ても分かるように、竜の眷属を生み出しても幼竜として誕生するので、育つのには時間が掛かる。それに比べ、ドラゴンーブから竜人を生み出すと、大人の体で誕生するため、即戦力として使える利点があった。

　邪神の封印を守るために動けないオオ爺サマの代わりに、竜人の眷属が他の大陸を調査。何も問題ないとの報告があった後、オオ爺サマはその竜人の眷属に自由を与えた。

そしてその竜人の眷属が、魔族と共に生き始めたのだろうとオオ爺サマは考える。

もう何千年前かも忘れたが、眷属であること自体は、オオ爺サマにとっては感慨深い。が、彼らが竜人族という竜人の一員のような名前を名乗るのは、微妙な気分になるのも本音だった。

「……あれが同胞？」

ギータもオオ爺サマと同じ気分で、彼らが去った方を見てしきりに首を傾げるのだった。

十二話　竜人族、バキバキにされる

今日もいい天気だ。

俺――シグムンドは、朝早く起きて農作業を済ませ、朝食の後でゆっくりとお茶を飲んでいる。

この時間が贅沢でいいんだよな。

「で、ギータはどうして朝からここに？」

「申し訳ありません。盛《さか》りのついたオスどもに、朝から押しかけられまして……」

いろいろと察する俺。どうやら昨日ギータを目にした竜人族の若いヤツらが、ギータ見たさに群がったということのようだ。

「ああ、うん。なるほど。ここでゆっくりしていけばいいよ」

「ありがとうございます」

ギータ、美人だもんな。しかも竜人。ということは竜人族にとっては、自分たちの完全上位互換。

しかし、憧れるなら分かるけど、盛《さか》るって……ギータでなくても逃げたくなるわな。

「それでオオ爺サマは？」

「竜化した状態で草原地帯の東側にいます。今朝も子供たちの面倒を見ているはずです」

「子供たちも最近は公園の遊具で遊んでたけど、たまにはオオ爺サマと遊びたかったんだな」

「そのようです」

「ところで竜人族の人たちには、ギータはオオ爺サマが生み出した竜人だって言ったのか？」

「いえ、言ってませんが、私の持つ竜気で勘づいたのではと思います」

ふーん、竜の血が薄い竜人族でも、竜の気配は分かるみたいだな。

「それで竜人族の人たちは、何か用があってはるばる草原地帯まで来たのか？」

「おそらく、聖地巡礼のようなものではないかと……」

「まあ、古竜は神に準ずると考えれば、あながち間違っちゃいないが、オオ爺サマからしたら迷惑だよな」

「はい」

ギータは渋い顔をしている。

「困るのはギータも同じか」

「はい。長様のお世話をするのが私の仕事ですから。料理人のシプルも暇で困ってます」

オオ爺サマが古竜モードのままでは、身の回りの世話をするギータも、せっかく雇った料理人のシプルさんも困るか。

「一度ダーヴィッド君と話すか」

「お願いできますか」

「了解。いつまでも居座られたら困るもんな」

ダーヴィッド君が引率してきたみたいだし、一度話してみよう。

オオ爺サマは神使だけあって優しいからな。その眷属で性質を受け継いだギータも、優しいから竜人族を強く拒絶しづらいみたいだし、ここは俺が一肌脱ぐか。


俺はリーファ一人をつれて、城塞都市まで転移した。

「おい、そっちにいたか？」

「いや、こっちにはいない」

「城壁の外じゃないだろうな？」

「外は出るなと長老たちからもダーヴィッド殿下からも言われてるから、行けないぞ」

「とりあえず街の中を探そう！」

「おう！」

城塞都市には、街の中を駆けまわる竜人族たちがいた。

「ギータを探してるんだろうなぁ」

俺がボソッと言うと、リーファも呆れた様子で言う。

「ですね。もうストーカーと変わらないです」

「まあ、竜人族の若い衆も必死なんだろうな。理解できないけど」

血走った目で街を駆けまわる竜人族の男たち。

うん。これはダーヴィッド君に言わないとな。

「行こうか」

「はい」

しばらく歩いて着いた、魔王国に貸している建物は、この城塞都市の中でもなかなか立派だ。

まあ、うちの使ってない城の方が立派だけどな。

「やあ、ダーヴィッド君いる？」

「こ、これはシグムンド様。す、すぐにお取り次ぎいたします！」

「あっ、慌てなくてもいいよ」

「は、はい！」

衛兵に声を掛けると、ガチガチに緊張して慌てて駆けていった。

「俺って怖いかな？」

「怖いというよりも、畏《おそ》れ多いという感じではないでしょうか」

衛兵の反応を見てリーファに聞いたら、そう答えた。

俺ってここでは、農作業してる姿しか見せてないと思うんだけどなあ。


その後、すぐに応接室に通されて、緊張したダーヴィッド君と会う。

「シグムンド殿、お話があると聞きましたが……」

「ああ、今竜人族が来ているだろう？」

「ああ、彼らの話ですか」

竜人族の話だと分かると、ダーヴィッド君が疲れた顔をした。

もしかして、ここでも迷惑かけているのか？

「今、オオ爺サマの側には、身の回りを世話する眷属がいるんだよ」

「眷属ですか？　……もしや竜が増えているのですか？」

「まあ、竜といえば竜なんだろうけど、竜人なんだよ」

「へっ、竜人族ですか？」

「いや、竜人族じゃなく竜人だな」

ダーヴィッド君の頭の上にハテナマークが浮いている。まあ、竜人族じゃなく竜人だって言っても分からないよな。

古竜の竜気と魔力から誕生するのが『竜』、寿命で亡くなった竜が遺すドラゴンオーブから誕生する古竜の眷属が『竜人』、その竜人が時間を経て魔族と交わり竜の特色が薄まったのが『竜人族』という違いを、俺はダーヴィッド君に説明した。

「ちなみにドラゴンオーブから、同じ眷属でも竜人じゃなく、属性竜を作ることもできるらしいが、成竜になるのに長い年月が掛かるらしい。で、今回の目的はオオ爺サマの身の回りの世話だから、成人の人型がいいだろうと判断して竜人を生み出したんだ」

「……な、なるほど？　とにかく、竜人と竜人族は違うのですね？」

俺の説明を消化しきれないダーヴィッド君だが、無理矢理に自分を納得させているという感じでそう聞いてきた。

「ああ、まったくの別ものだ」

それから俺がギータに備わっている能力を説明すると、ダーヴィッド君は信じられないといった顔をした。

「完全竜化に、部分竜化ですか。あの時、空を飛んできてましたが、僕が幻《まぼろし》を見たわけじゃないんですね」

「ああ。でだな、今の竜人族も血はものすごく薄まってはいるが、大昔にオオ爺サマが生み出した竜人の末裔らしいから、まったく関係ないとは言わない。けどギータにつきまとうのはな。ギータ本人も困っているんだよ」

「つきまとってるのですか⁉」

何も把握してなかったらしく、ダーヴィッド君は顔を青くしている。お登りさんの引率は大変だな。

「ギータは美人だし、竜人族たちの気持ちは分からないでもないが。というかそもそも、ダーヴィッドは魔王国の住人だから理解できるだろ？　ギータが自分より脆弱《ぜいじゃく》な雄を選ぶか？」

「……絶対ないですね」

「だろ？」

属性竜よりは少し落ちるが、ギータは竜と呼べる力と竜気を持つ竜人。

一方で竜人族は、その竜人の末裔ではあるが、劣化竜よりも劣《おと》る存在。十人程度が束《たば》になればワイバーンくらい狩れるかもしれないが、タイマンなら劣化竜相手でも勝つのは無理だろう。

「自分の種族に竜の血を望んでいるのは分かるんだけどなぁ」

ギータを娶《めと》れれば、竜人族は種族としての力が強化されるからな。

「……それは魔王国としてはありがたくないですね」

「ああ、竜人族が強くなりすぎるとよくないわな」

「……はい」

渋い顔のダーヴィッド君。

竜人族と竜人が交わっても、魔王国の秩序を乱すまでじゃないとは思うが。それでも竜のような手に負えない存在を生み出す危険性が少しでもあるというのは、魔王国の王族のダーヴィッド君としては認められないだろうね。

「……つきまといをやめさせるために、はっきりと実力の差を見せつけてやってください」

しばらく考え、ダーヴィッド君が言ってくる。

「それは簡単だけど、心が折れちゃうぞ」

「いや、もうバッキバキにへし折ってやりましょう」

「う、うん。そうだな」

やけに力強くそう言ってくるダーヴィッド君。もしかして、ストレス溜まってるのかな。

とはいえ、いいアイデアというか、ギータにつきまとっている連中を追い払うにはそれしかない気がする。

さて、なら俺はギータに竜人族の相手をするよう説得かな。その前にオオ爺サマにも、竜人族をバッキバキにさせてもらう許可を取らないとな。

◇

数日後に、竜人族の若者がギータに熱を上げ、まとわりつく件は、オオ爺サマの許可も得て、力で解決することにした。

シンプル・イズ・ベストだな。

まず、最初にダーヴィッド君から、竜人族の若者たちに、ギータにどのような用があるのか聞いてもらった。

まあ、用なんて彼らが異性としてギータを欲しているので間違いないとは思うが、一応念のためだ。

で、返ってきた答えはもちろん、嫁《よめ》に欲しい。いや、もっと直接的に子供を産んでほしいと全員が言いきりやがった。いい根性である。

そこに、ギータが登場。

ボルテージが上がる竜人族の若者たちに、一言だけ言い放つ。

「私よりも弱い雄になど興味はない」

その冷たい視線と言葉に興奮する変態も交ざっていたが、長老たちが間に入り、いよいよ力で解決する方向に話が進む。

こうして竜人族の若者たちとギータとで、力比べをすることになった。

力比べとはいっても、腕相撲とかをするわけじゃない。模擬戦をし、それに勝てればギータを嫁にできるかもねってところだ。

場所は、城塞都市の中だと迷惑だし、ギータも手加減に気を遣うだろうから、草原地帯の東側でなおかつ農地の向こう側、つまり何もない原っぱで行うことにした。

本当に何もない場所だから少々暴れても大丈夫なようにというのが選んだ理由でもあるが、竜人族の若者たちの無様な姿を、住民の目に晒さないようにという配慮でもある。

なんか竜人族の男たち、プライドは馬鹿高いみたいだからな。心が折れるだけで済まなくなるとダーヴィッド君が困るだろうし。

「はぁ、シグムンド殿、申し訳ありません」

「まあ、一度ボキボキに心を折られたら、しばらく大人しくなるだろう」

ダーヴィッド君が、神に詣でるためにやって来たはずの竜人族たちのやらかしに、責任を感じている様子で謝る。

が、ダーヴィッド君に責任を問うのは酷《こく》だろう。

『言いたくはないが、身のほど知らずじゃのう。ギータが本気になれば、ひとたまりもないぞ』

もちろん、オオ爺サマも見届けるつもりで来ていて、そうコメントした。

「その辺の手加減は教えたから、大丈夫だと思うぞ。それに竜人族も、魔族の中では丈夫らしいから」

竜の姿を取っているオオ爺サマに見守られ、竜人族たちの緊張はすごいみたいだが、それでもギータを諦める気はないようだ。ある意味感心してしまうな。

その時、竜人族の長老の一人が近付いてきた。

「ギータ様に挑《いど》む順番を決めるので、少しお時間をいただけませんか？」

「ギータなら、まとめてでも大丈夫だが」

全員一度に相手をすればすぐに終わるのにと思って俺が言うと、慌ててダーヴィッド君が横から言ってくる。

「シグムンド殿、それでは戦う前に竜人族側のプライドがズタズタになりますから」

「それもそうか。時間は気にしなくてもいいから、揉めないように決めてくれ」

「ありがとうございます」

頭を下げて、竜人族の若者たちの方へと戻っていく長老。

だが、はっきり言ってどういう順番だろうと、結果は見えているんだがな。

竜人族の若者が強いといっても、所詮は魔族基準だ。本物の竜と比べられるものではない。

それに今回、草原地帯に訪れた竜人族の若者の人数は十五人くらいなので、マジでギータの腕の一振りで終わる気すらする。

◇

私——ギータは、なぜか草原地帯に立ち、竜人族の若者たちと向き合っている。

魔王国という国から来たらしい、竜人族という者たち。

竜の名を冠《かん》しているにしては、劣化竜よりもはるかに弱い竜気に、名前詐欺《さぎ》と言いたくなるが、あれでもはるか昔には、長様の眷属だった竜人、その末裔なのは間違いないらしい。

ところが竜人族の若者たちが、どういう了見からか、私を欲しているという。

ありえないと叫びたくなる。私には、長様のお世話をする仕事があるのだ。

そもそもそれがなくとも、竜として、自分よりも弱いパートナーを選ぶなど考えられない。

だというのに、竜人族の若者たちが、ヤル気を漲らせて私の前に立っている。

まったく、奴らは実力の差を分かっていないのか？

ウンザリとしていると、竜人族の若者の一人が顔をニヤけさせながら、後ろに待機している仲間に向かって声を張り上げる。

「俺が一番だ！　悪いが、お前たちの出番はない！」

「……」

面倒なことに、どうやら私は一人一人相手をしなければいけないようだ。

まとめてかかってきてくれればいいのに。

模擬戦とはいえ、竜人族の持つ武器は本物。だが、かつて古竜に次ぐ存在だった属性竜のドラゴンオーブから誕生した私に有効な武器ではない。

属性竜だった頃よりも力は落ちているが、それも最近のシグムンド殿による訓練のお陰で、だいぶ力が戻った。ドラゴンキラーでも持ってこなければ、私の身に傷一つつけるなど不可能。

「どこからでも来なさい」

私の声を合図にして、さっき声を上げていた先頭にいた一人が駆ける。

「いくぞ！　俺のものになれ！」

「はぁ……」

勢いよく襲ってくる相手に、ため息しか出ない。

相手の攻撃を受ける必要もないが、これはコイツらの心を折る作業なのだと割りきる。

相手は、上段から唐竹割《からたけわ》りに大剣を振り下ろしてきた。

私は剣を受ける部分にだけ、竜化で鱗を出し受け止める。

ガンッ！

「なっ⁉」

受け流すのではなく、武器で受けるのでもなく、ましてや避《よ》けもせず、腕で止めるとは思っていなかったのだろう。相手は驚愕《きょうがく》し、動きが止まっている。

ドンッ！

「グハッ‼」

いや、流石にそんな隙だらけじゃ、私も攻撃するぞ。

大剣を受け止めているのと反対の左手をひと振りしたら相手は吹き飛び、ゴロゴロと十数メートル転がって気絶したようだが、死んではいないだろう。

今の攻撃、そもそも鱗も必要なかった。竜気と魔力の強化で十分だったな。

「次は俺だぁ！」

巨大な戦斧《せんぷ》を振りかぶり、今度は竜人族の中でも大柄の男が襲いかかってくるが、これっぽっちも脅威に感じない。

「なっ⁉」

驚愕の表情を見せる男。

私はまたしても、戦斧を片手で受け止めていた。

「グッ、クソッ、う、動かないっ⁉」

バキッ‼

「⁉」

ドガッ！

私は戦斧をそのまま握り潰して破壊し、そのまま男を蹴《け》り飛ばした。

「次！」

怯える竜人族の男たちに、早くかかってくるよう声を荒らげる。

本当に面倒でしかない。

武術の技術は、私も学び始めたばかりなので、そう自慢できるものではない。だが、そんな私から見ても、彼らの戦いは力任せで、戦っても得るものが何もない。

むしろ、殺さないように神経を使うくらいだ。

シグムンド殿からは、死んでなかったら回復できるからとは言われている。が、それでも脆弱すぎて力加減が難しいのだ。

私としても、長様の眷属の末裔を殺すのは気が引けるから、力加減はしたいのだが。

竜人族の若者たちの戦いぶりは、怯え始めてからはさらにひどくなった。

ヤケクソに突っ込んでくるだけの男たちに、私は最後まで付き合わないといけないのだろうか。

もう、後は流れ作業だな。

◇

竜人族の若者たちは、例外なく一撃で重傷。俺――シグムンドが回復魔法を使わなかったら、命が危なかった奴もいた。

まったくひどい光景だな。一方的と呼ぶのすら生ぬるいくらいだ。

ギータなんて、開始位置から一歩も動いていないし。

まあ、とにかく、若者たちは回復しておいたから、そんなひどい試合展開でも怪我はないから問題ない。なんなら古傷もついでに治ったくらいだ。

そんなこんなで手当てが済んだところで、俺はダーヴィッド君と話している。

竜人族が迷惑をかけた謝罪をされた後は、次の草原地帯訪問時期について打ち合わせだ。

「竜人族はまた来るんだろうな」

「申し訳ありません。彼らにとって黄金竜様は神に等しい存在ですから。メンバーを交代し、また詣に来ると思います」

「まあ、そうだろうな」

オオ爺サマは厳密には竜人族の始祖とは言えないが、彼らがこの世界に生まれたのが、オオ爺サマのお陰なのは間違いない。神のように崇めても仕方ない部分の方が大きいだろう。

ただ、それだと面倒が続くことになる。

「そうなると、またギータに挑む奴もいるだろうな」

「はい……」

これだけバキバキにされても、まだバキバキに心を折られてない連中が挑んでくると思うとウンザリするな。

「まあでも、竜人族が単独で来ることはないんだよな」

ダーヴィッド君には気の毒だが、次も引率としてつれてくるのかと確認する。

「僕がつれてくることになるかははっきりしませんが、次回の交易の時期にまた竜人族も一緒に来ることになるかと……時期が分かりましたら、草原地帯に駐屯《ちゅうとん》している魔王国の責任者に知らせておきます」

「了解。伝える手段は、通信の魔導具か何かかな？」

「はい。魔力をかなり使うので、頻繁に使うのは無理ですが、緊急時には通信の魔導具は便利ですから」

「まあ、確かにな」

魔王国と草原地帯では、大陸の北と南でかなりの距離があるが、その距離で使える通信の魔導具って、かなり優秀なんじゃないだろうか。ダーヴィッド君はどこから手に入れたんだ？　流石は大陸一デカイ領土の国である魔王国ってところか。

まあ、俺は眷属とは念話で繋がるので、通信の魔導具が必要かといえばいらないんだが、世間的にはとても有用なんだろうな。

「ちなみに聞くが、竜人族って多いのか？」

どれだけ押し寄せてくるのかとイヤな予感がしたのでダーヴィッド君に聞いておく。

「いえ、少数ですね。魔族の中でも強靭な体を持つ種族で、魔王国の中でも北の厳しい土地で暮らしていますから、あまりに人数が増えるような環境ではないんです」

「まあ、暑さ寒さには強いだろうな。何せ薄まったとはいえ、竜の血が入ってるんだからな」

おそらく、あの竜人族たちの祖は、氷竜のドラゴンオーブが元になった竜人だったんだろうな。

そうでなければ、あれだけ血が薄まった竜人族たちが、この大陸の北の果てでなんて暮らせないはずだ。

「では、ギータ殿にもよろしく言っておいてください」

そんなことを考えていたらダーヴィッド君に言われたので、俺も挨拶をして今回は別れることになる。

「ああ、悪いな。本人が直接挨拶に来られればよかったんだが、しばらく竜人族には会いたくなさそうだったからさ」

オオ爺サマは、かつて自分が生み出した竜人の末裔ということもあり、竜人族が少々面倒な奴らでもあまり気にしない。その器の広さは流石、神の使徒だよな。

だが、ギータは属性竜のドラゴンオーブから誕生した竜人。なのでその精神性は、お伽噺に語られる神のような古竜のオオ爺サマより、人間にだいぶ近い。

いや、人間に近いという表現だとギータに怒られそうだな。人間よりもずっと高い知能を持つが、神に近いオオ爺サマと比べると人に近いが正解か。

まあ、とにかくそんな理由もあり、ギータは竜人族の若者たちを拒絶している。

ギータから積極的に攻撃するほどではないが、自分からは関わりたくはないし、向こうからも関わってくるなというのが本音だろうな。

そんなギータの心情を察している様子で、ダーヴィッド君は逆に自分が申し訳なさげな表情を浮かべている。

「いえ、挨拶がないのは当然です。ご迷惑をかけているのはこっちですから」

ところで、竜人族の長老たちは、別れの挨拶をするためにオオ爺サマのところに行っているそうだ。

「あっ、長老たちが戻ってきましたね」

その時、ゾロゾロと長老たちが草原地帯の東側の方から歩いてくる光景が、俺とダーヴィッド君の目に入る。

「もう出発するのか？」

「はい。荷物の積み込みは終えてますから」

「じゃあ、気を付けてな」

「はい。ではまたお会いしましょう」

俺はダーヴィッド君と別れの挨拶を済ませると、自分は霧になって姿を消す。

霧に変化した俺は飛び、二足歩行の恐竜みたいな姿の騎獣に乗った竜人族の若者たちが、ダーヴィッド君たちの馬車と並走して城塞都市を旅立つのを見守る。

恐竜っぽい騎獣に乗っている若者たちの、その背中があからさまに落ち込みきってるように見えるのは、俺の勘違いじゃないだろう。

ギータにアタックしてた竜人族たちだが、竜人族は魔族の中でも珍しく、男尊女卑の傾向が強い種族らしいからな。

他の魔族？　それはそれぞれとしか言えない。リーファの両親は、母親が圧倒的に上だしな。

話が逸れたが、とにかく竜人族は男尊女卑で、そんな彼らが女のギータを、その場から一歩も動かすこともできず一撃で気絶させられたんだ。

プライドはズタズタだろうし、ダーヴィッド君の狙い通り、心もバキバキだろう。

女性に振られたプラス、武でも足元にも及ばないと来れば、しばらく立ち直れないんじゃないかな。


しばらくキャラバンを眺め、ダーヴィッド君たちの馬車が見えなくなると、オオ爺サマのいる草原地帯の東側へと向かう。

「オオ爺サマ、竜人族たちはもう帰ったよ」

『おお、シグムンド殿か。では家に帰るかの』

オオ爺サマには、俺が特殊なヴァンパイアだと教えてある。なので、突然俺が霧から姿を変化をさせて目の前に現れても驚かない。

オオ爺サマの黄金の巨体が光に包まれ、人の形へと小さくなっていき、やがて人化が完成する。

「アレらは、また来るんじゃろうのう」

面倒そうな様子を隠さないオオ爺サマ。

「来るでしょうね。聖地巡礼どころか、彼らにとっての神がいますからね」

「もともとワシが生み出した眷属とはいえ、面倒な話じゃのう」

「仕方ないですね」

そう、仕方がない。

まあ、竜人族の古竜詣も、集落のメンバーが全員一度来たら、流石に落ち着くだろう。

それがいつになるかは知らないけど。

◇

竜人族たちの目的、古竜との謁見《えっけん》は少々の問題を残して終わり、竜人族は魔王国への帰路についた。

魔王国の王都に到着した後でダーヴィッドと別れ、竜人族は自分たちの住む北の僻地へ帰る。

その足取りが一様に重いのは仕方ないだろう。まあ、騎乗しているのでスピードが変わるわけではないのだが、見た目のテンション的な問題だ。

竜人族の若者たちは、みな揃って一人の竜人に求婚し、戦いを挑み、そして見事砕《くだ》け散った。

それはもう、粉々に、跡形も残さず無様に……

長老たちは、黄金竜に会えたことを喜んでいるので、若者たちとの温度差は激しい。

自業自得だが、魔王国王都に着くまでの道中で、ダーヴィッドがいたたまれない気持ちになるほどだった。

しかしそんな若者たちの玉砕《ぎょくさい》ぶりなんて知らないのが、今回残されていた竜人族の他の集落の長老や、泣く泣く残った若者たちだ。

竜人族の集落では、居残り組の竜人たちが、古竜詣に行ったメンバーの話を早く話を聞きたくて待ちきれず、集落の集会場に全員で待機している。

労《ねぎら》いの言葉もなしに、集落に残った長老が問う。

「それでどうじゃった！　本当に、古竜様はおられたのか！」

「……ああ、おったとも」

帰ってきた長老の一人が、確かに草原地帯には古竜が降臨していたと言う。それも古竜の長である、黄金竜だと言うではないか。

それを聞いた竜人族たちが、怒号に近い歓声を上げた。

「「「オオォォォォーー!!」」」

古竜には、四つの属性を司る四古竜と、それを束《たば》ねる黄金竜が存在している。草原地帯に行った長老から聞かされたその話は、竜人族たちにとって初めて知ることだった。

「そ、それで古竜様はいかがであった？」

「ああ、それはもう神々しいお姿であったぞ」

「古竜様が、草原地帯におられる理由は分かったのか？」

「神より邪神の封印を守るよう役目を仰《おお》せつかっていた古竜様じゃが、そのお役目が終わったらしい」

「「「オオォォォォ!!」」」

邪神云々《うんぬん》に関しては、直接オオ爺サマから聞いてはいない長老たちだったが、ダーヴィッドからそのような話をされていた。

「それで、邪神は、どうなったのだ？」

「封印が解けたのか？」

「いや、邪神は長き封印によって滅せられたのであろう。黄金竜様を筆頭とした、五柱の古竜様方が守っていたのじゃ。それ以外考えられぬ」

「「「オオゥ！」」」

この世界に邪神が実在しているなどという話を聞かされたら、普通パニックになってもおかしくないのだが、竜人族たちはオオ爺サマたち古竜への信頼感が天元突破《てんげんとっぱ》している。なので、邪神など古竜の力で滅したのだと疑わない。

「落ち着け！　草原地帯の話は、それだけじゃない！」

次に、話題は竜人族の若者たちが手加減された上で一歩も動かすことができなかった、ギータのことに移る。

中でもギータに一撃でやられた若者の一人が集落の竜人たちに告げる。

「あの地には、古竜様とは別に、我らの始祖と同じ存在がいるのだ！」

「なんじゃと⁉」

「そ、それはどのような方だ？」

居残り組の長老が、どのような存在か聞く。

「竜人族の始祖と同じ存在である竜人のギータ様は、古竜様が生み出した眷属だそうだ！」

「「「オオォォォォ‼」」」

竜人のギータが黄金竜の眷属であるということは、つまり竜人を始祖とする自分たち竜人族も、古竜の眷属の末裔だということになる。

竜人族の心の支えとなっていた、はるか昔からの伝承が正しかったと分かり、その場の竜人族たちの喜びが爆発する。

「そ、それでギータ様とはどのような方だったのじゃ⁉　もちろん、お会いしたのであろう？」

「………………」

居残り組の長老にそう聞かれた若者だったが、急にしょんぼりと肩を落としてしまう。

「えっ？　どうしたのじゃ？」

妙な反応をする若者を見て首を傾げる居残り組の長老に視線を向けながら、古竜詣に参加した長老が情けない顔を若者の方に向けて言う。

「ああ、こやつらは揃いも揃ってギータ様に求婚し、まとめて叩きのめされたのじゃ」

「なっ⁉」

「どういうことじゃ？」

「何、簡単な話じゃよ。我らの始祖である竜人と同じ存在であるギータ様は、若い女性の姿での。調子に乗ったこやつらは、何を考えたのか求婚し、己より弱い者とパートナーとなるなどありえぬとギータ様が言っているにもかかわらずしつこく挑み、手加減された上で全員が一撃で倒されたのじゃ」

「「「なんと⁉」」」

それを聞いた居残り組の長老が、一斉に驚きの声を上げる。

ギータが若い女性の容姿だったのにも驚いたが、あろうことかそのギータに求婚する若い衆たちにも驚いた。

ギータは、竜人族の始祖と同じ存在。そんな存在に求婚など畏れ多いと思わないのだろうかと呆れ、若い衆へ視線を向ける。

「ウッ、ウワァァーー‼」

いたたまれなさのあまり、頭を抱えて叫びながら集会場を出ていく一人。

「「「ウワァァーー‼」」」

視線を向けられた他の若者たちも、同じようにいたたまれなくなってその場から逃げ出した。

若者たちを呆れた顔で見送りながら、長老たちが話す。

「……あやつら、ギータ様を怒らせたんじゃないだろうな」

「それは大丈夫じゃ。あやつらのことを面倒そうにしておられたが、怒ってはなさそうじゃった」

「面倒そう……それは大丈夫とは言わんと思うが。まあ、ええ。それより、若い衆が熱狂するほどのお方なのかギータ様は？」

「そのお姿は竜の角がある以外は、人族と変わらぬ」

「なんと!?」

自分たちの始祖である竜人の姿を聞かされ、驚く居残り組の竜人族たち。

「じゃが、その身に纏う竜気は、すさまじいの一言じゃ。我ら竜人族も、かつては持っていたのであろうが……」

「……竜気か」

竜の竜たる証《あかし》とも言えるのが、竜気。

だが竜人族は、竜気といってもほとんど感じ取れないくらいの量、僅かしか持たない。

「若い衆が熱狂したのは、本能的にギータ様の放つ竜気を求めたのもあるのじゃろう」

「なるほど、理解した。仕方のない部分はあったのじゃろうな」

「まあ、結局はギータ様が美しかったのが一番じゃがな」

「……台無しじゃ」

最後の一言で居残り組の長老が呆れ、それとは別に、居残り組の若い男の竜人族たちの目が輝き、若い女の竜人族たちはそれを冷めた目で見ていた。

「そ、それでワシたちもお姿を見ることはできるのか？」

「そうだ。俺たちも早く古竜様にお目にかかりたい！」

話が一段落したところで、居残り組のメンツがソワソワし始めた。

「……そうじゃの。ダーヴィッド殿下が草原地帯へ行くタイミングで、便乗させてもらうしかなかろう」

先遣隊《せんけんたい》を率いた長老がそう答えた。

長老たちは、若い男たちの目的はギータであろうと内心呆れるも、それも仕方ないと、もう諦めている。

草原地帯についての報告も終わり、全員が集会所に集まっているタイミングでもあるので、本当はこれから次回のメンバーをどう選ぶかという話し合いになるはずのだが、若い男衆は「強くならねば！」などと叫びながら、その場から駆け出していってしまった。

男の若者たちがほぼいなくなり、深いため息を吐くしかない長老たち。

「……あやつらがどれほど鍛えても、無理な相手なのじゃがのう」

「仕方あるまい。我らの竜気への憧れは本能じゃし、竜人ではない竜人族の女すら、強い雄を求める。ならば始祖であるギータ様も、それは変わるまい。それにあやつらも当たって砕けねば諦められまい」

「まあ、砕ける未来は確定しておるがの」

実際に草原地帯でギータを間近に見た長老たちは、頂《いただき》が見えぬ山へ挑む、若い衆を憐《あわ》れんで呟くのだった。

十三話　オオ爺サマ、悩む

ある日、俺――シグムンドは、チビ竜がオオ爺サマが話があると呼んでいると知らされた。

「オオ爺サマが俺に？」

『そうデシュ。お話を聞いて、意見が欲しいそうデシュ。じゃあ、伝えたデシュよ』

チビ竜は言うだけ言うと、さっさとミルとララのもとへと、一緒に遊ぶために飛んでいった。

アレが将来、古竜にまで至るのかねぇ……

「どうなさいますかご主人様。すぐに向かいますか？」

「いや、お昼過ぎにするよ。緊急の用件ではなさそうだし、午前中から行くのはな」

リーファが聞いてきたが、急ぎじゃなければ朝から押しかけるのは迷惑かもしれないしなと思ってそう答えた。

「そうですね。古竜のオオ爺サマなら、午前でも午後でも気になさらないかと思いますが、それがいいと思います」

リーファが言うように、オオ爺サマは古竜だからな。長生きすぎて時間の感覚が俺たちとは違うから、いつ行こうがそこまで気にしないだろう。


そして午後、草原地帯の城塞都市、オオ爺サマの屋敷の前に、リーファを連れて転移する。

「お待ちしていました。どうぞこちらへ」

「ありがとう」

ギータに案内され、リビングへ向かう。

俺が建てた屋敷だから間取りも分かってるし、何度も来ているから案内されなくても大丈夫なんだが、これがギータの仕事だからな。

「おお、シグムンド殿、わざわざすまんの」

「いや、移動は一瞬だから問題ないさ」

リビングに着くと、すでに座っていた人化しているオオ爺様から言われ、促されてソファーに座る。

すぐにギータが、お茶を淹れてくれる。

そのギータの様子を、リーファがチェックしているのが分かる。意外と厳しい先生だったのね。

ギータの淹れたお茶を一口飲み、俺は今日の用件を聞く。

「それで、相談があると聞いたんだけど？」

「うむ。ワシの身の回りの世話をさせるなどという個人的な理由で、ギータを生み出したわけじゃが、それが魔王国の竜人族たちに波風を立てているのではと思うてのう」

オオ爺サマの話は、先日押しかけてきて帰っていった竜人族に関することだった。

そんな相談じゃないかと想像してはいたが、波風を立てているのはあっちなのに、オオ爺サマは優しすぎだな。気にしすぎとも言える。

「ギータが嫌がっていてのう」

どことなくションボリした様子のオオ爺サマ。なんか、ギータに竜人族たちが群がったことに対して、責任を感じているっぽいな。

「ああ、まぁ、あれはひどかったからな」

「しかし、あやつらの気持ちも分からんでもない」

「そうなんだよなぁ」

竜人族の若い衆たちによる、ギータへの求婚。からの力勝負。

相手の格が分からない竜人族でもあるまいに、それでものぼせた上で勝負にもならずやられて、肩を落として帰っていったあいつらが、完全に悪いとは、まあ言いきれない。

自分たちの始祖と同じ血を種族に入れ、竜へと近付きたいと焦ったんだろうからな。

「でもギータの気持ちも分かる。ギータからすれば、今の竜人族はトカゲに見えるんだろうしな」

「はるか昔とはいえ竜人族は、ワシが自分で生み出した眷属の末裔じゃから、流石に限りなく薄まってはいるとはいえ眷属の血をまったく感じないというわけではない。だが、ワシでさえそのレベルじゃから、ギータには難しいじゃろうな」

竜として重要視されるのは、魔力よりも竜気の強さらしい。

もちろん、古竜ともなると膨大な魔力量だが、そこから眷属の竜、属性竜、竜人、劣化竜とランクが下がるたびに、竜気が少なくなるそうだ。

ちなみに、俺もオオ爺サマやギータから、魔力の圧と同じように『気』を感じとれるが、竜気と『気』の区別はつかない。

「長様。あやつら本当に、長様の眷属の末裔なのですか？　あやつらは私や長様から竜気を感じることはできるようですが、あやつらからの竜気は、ほとんど言っていいほど感じませんでしたよ」

お茶を淹れた後、黙っていたギータだったが、思わずといった感じで聞く。

「ギータ、それを言うてやるな。それだけ長い歳月が経った証拠なのじゃ。ワシが眷属を竜人の形で何人か生み出していれば違ったじゃろう。だが、チビ竜のような竜としての眷属を何度か作ったことはあっても、人型は長らく一人だけ。竜人族の者どもの祖先となる者だけだったのじゃ。そしてギータがようやく二人目なのじゃからな」

なるほどな。そんなに竜人が少なかったなら、交配できず血が薄まるのもどうしようもない話だ。

その状況で、竜として大事なのは竜気の強さなんて、今の竜人族に言うのは確かに酷だな。

ところで、ふと気になったことを聞いてみる。

「なあ、オオ爺サマ。竜人を作る時のドラゴンオーブってまだあるのか？」

「うん？　ドラゴンオーブなどまだまだあるぞ。シグムンド殿はワシら竜が住む南の大陸を見ているから知っているじゃろうが、今でも属性竜はそれなりに数がいるからの。当然、寿命を迎えてドラゴンオーブを遺した個体も多いぞ」

竜人がギータしかいないから、竜人族がギータ一人に集中するのであって、何人かいたら負担は減るんじゃないかと思ったんだけど、ポンポン竜人を生み出していいものかは分からないな。

「ちなみにドラゴンオーブの状態で、雌雄《しゆう》は分かるのか？」

「いや、属性が何かはオーブの色で判断できるが、そこまでは分からんな。ギータもたまたま雌だっただけじゃ」

おお……じゃあもし新しく竜人を作っても、男の可能性もあるのか。いやでも、女の竜人とくっついても竜人族の血自体は濃くなるはずだから、それはそれでいいのか？

そんなことを思っていると、オオ爺サマが続ける。

「あと、ギータが生真面目な性格なのは、ドラゴンオーブを遺したドラゴンの気性を引き継いでおるからじゃ」

「なるほど、死んだドラゴンが遺す知識と経験、それに性質の結晶がオーブってことか」

「ただし、オーブのもととなったドラゴンがどんな気性だったのかは、オーブの状態では分からんがのう」

　となると、新たな竜人を誕生させても、男女どちらが生まれるかは運。どんな性格の竜人になるかも運か。

　ただオオ爺サマの話によると、古竜の直属の部下である属性竜にもなると、悪辣《あくらつ》な竜はいないらしい。神が直接創った古竜の眷属なのだから当然か。

「ああ、そうそう。何を考えておるかは大体分かっておるがな、基本的に竜や竜人は子孫を残そうという意識は薄いぞ」

「えっ⁉」

　オオ爺サマに言われてしまい、気付かれてたのかと思わずデカイ声が出た。

「もちろん、竜人族のように子孫を残すことも可能じゃが、竜や竜人は、寿命も長く個としても強者じゃからな」

「ああ、それはそうか」

　魔物でも動物でも人間でも、個として弱い者ほど数を残そうとする。竜や竜人は、その対極にいるもんな。

　そうなると大昔のオオ爺サマの眷属だった竜人――今の竜人族の始祖は、よく子孫を遺したな。今となっては分からないが、何か理由があったんだろうな。

　となると俺が思ってた、ギータに竜人族の若者が殺到しないように竜人を増やすという案は、前提から崩れるな。

男の竜人が生まれたとしても、竜人族の女性に見向きもしない可能性が高そうだ。

「シグムンド殿の考えは、眷属である竜人を増やすということじゃろ？」

「そうだったんだが、上手くいきそうにないな」

オオ爺サマは、俺の考えてることは最初から分かってたみたいで、俺は頷いた。

「確かに問題の解決にはならんのう。とはいえ、人型の眷属がギータ一人というのもあやつは寂しかろう。試しに、一人か二人増やしてみるか」

竜人族のギータへの求婚問題とは関係なしにってことか。

「まあ、俺的には面白そうだと思うけど、オオ爺サマはそれでいいのか？」

「うむ。そのうちワシ以外の他の古竜も人化を覚えたら、ここに世話になるやもしれんからの。そう考えれば、何人か竜人がいても問題なかろう」

「確かに。他の古竜たちが遊びに来て、オオ爺サマが屋敷で暮らしていると知ったら人化の術を訓練しそうだな」

「いや、すでに知っておるぞ。ただ人化の術には苦労しておるようじゃ」

「なんだ。もう知ってたのか。なら時間の問題だな」

ここを増築するか、追加で屋敷をもう一つ建てておくか。

地脈の管理の仕事があるから、オオ爺サマ以外の古竜四匹が一度に揃うことはあまりないだろう。

なので、全員分の部屋のある屋敷を一軒でいいかな。

というか今更だが、オオ爺サマの相談って結局なんだっけ？

ギータへの求婚騒ぎをなんとかするという話が解決できたとは言いがたいと思うが、オオ爺サマが眷属を増やすという新たな決断に繋がったから、まあいいのか？

ギータ一人が矢面《やおもて》に立たなくても大丈夫になる分、マシになると思っておこう。

◇

その日、オオ爺サマが竜人を新しく作るというので、オオ爺サマの屋敷にやって来た。

オオ爺サマがリビングのテーブルの上に置いた、いくつかのドラゴンオーブを見て尋ねる。

「これ、火属性以外のドラゴンオーブか？」

「うむ。ギータが火属性じゃからな。次は水属性か風属性、それとも土属性がいいかと思ってのう」

ギータと同じ火属性を選択肢から外したのは、ギータからの要望らしい。

ギータが言うには、同じ属性だとライバル心で張り合ってしまうかもしれないということのようだ。

ギータは真面目というか熱心というか、結構負けず嫌いなのかもな。

「男だったら従者教育はセブールに頼めばいい。女だったらギータと同じように侍女教育を頼むのは、リーファ、ノワール、ブランにだな」

「お任せください旦那様」

オオ爺サマが眷属を作ると聞き、見学に来ていたセブールもそう言った。

そういえばセブールはここに来る時、竜種の眷属が誕生する瞬間など滅多に見れないと言ってたが、これだけドラゴンオーブがあると、案外ちょくちょく見れるかもしれないぞ。

「で、オオ爺サマ。今回はなんの属性のドラゴンオーブを使うんだ？」

「うむ。まずは風属性か水属性のオーブを使おうと思っておる」

性別は運に任せるしかないが、もともと高い知能を持つ高位の属性竜が遺したオーブだ。どれを選んでもあまり変わりはないはずだと言うオオ爺サマ。

「風か水か、いいんじゃないかな」

俺も賛同したが、それに首を傾げたのは、自身が属性竜だったギータだ。

「う〜ん。確かに属性竜クラスになると、邪竜《じゃりゅう》に堕《お》ちる竜はほぼいませんでしたが、風属性は変わった奴がいた記憶があるのですが……」

「そうじゃったかのう？」

「古竜様方は邪神の封印を守るお役目に集中していましたので、我ら属性竜の性格まで気にすることはありませんでしたから」

まあ、オオ爺サマたちは封印を破ろうと力をつける邪神を、封じ込めようと必死だっただろうし、眷属とはいえ属性竜の個々の性格まで関知してなくても普通か。

「とはいえ、無意味に暴れるような竜はいませんでしたし、主人の命に背《そむ》く眷属はいません」

「そうだな。オオ爺サマの眷属として生まれるなら大丈夫だろう。神に連なる存在だからな」

ギータがつけ加え、俺も頷く。

五体の古竜は神が直接創った存在だ。だから古竜に近い眷属ほど善性の存在となり、遠く離れると劣化竜のように魔物になるようだ。

まあ、とにかくこれから竜人を生み出すということなので、今回は特に念入りに結界を張る。

前回、魔力だけに気を取られてたせいで、漏れた竜気が大陸の北端にいる竜人族にまで届くなんて思ってもいなかったからな。

「認識阻害もかけてと。これで大丈夫だろう」

「相変わらず見事な魔法じゃのう」

オオ爺サマがそう言い、緑色のドラゴンオーブを取り出した。

風の属性竜だったオーブだな。

オーブのもととなった風竜は、火竜と比べるとスマートな体躯で、空を飛ぶのが得意なんだとか。

その鱗の色は薄い緑色をしているそうだ。

ちなみに、水竜は一応飛べはするが、海を泳ぐのに適応しているそうで、青い鱗に尻尾の先や背中に鰭（ひれ）があるらしい。

そして土の属性竜。地竜と言うらしい。土竜（もぐら）じゃなくてよかった。

この地竜は完全に陸特化で、岩のような分厚い鱗に覆われ、鋭く長い爪で地面を掘る。

なお、こんな風に属性に姿が引っ張られるのは属性竜のみで、古竜は黄金竜のオオ爺サマと他の赤竜、青竜、白竜、黄竜と、その姿は大差ない。

古竜の色は属性とは関係なく、赤竜は南を守護し、白竜は西を守護し、青竜は東を守護し、黄竜は北を守護しているんだ。

で、黄金竜が中央の守護なんだとか。

俺の知る地球での四神とは少し違うが、世界が違うのだから、そんなこともあるだろう。

話が逸れたが、いよいよ眷属を生み出すようだ。オオ爺サマが、もとの黄金竜へと戻る。

ドラゴンオーブへと魔力と竜気が注がれ、オオ爺サマによる眷属創造の術式が完成する。

「ギータの時も思ったけど、こんな形で眷属を作れるのは古竜だからだろうな。俺には無理だ」

「神が古竜をそのように創りたもうたのでしょう」

俺とセブールがそんな話をしている間に、オオ爺サマの二人目の眷属が誕生した。

「セブール」

「承知しました」

生まれたのは男の竜人だった。

俺はセブールに声を掛け、服を着せるように頼む。

「緑色の髪か。体格は細身かな」

「風竜がもとですから」

ギータは火竜だが、女性らしいスタイルをしている。

なお、これが男なら火竜は筋肉質の戦士系の体型らしい。まあ、竜人の体型なんて能力にはあまり関係ないらしいがな。

しばらくすると、風竜の竜人が目を開ける。

ただ、ムクリと上半身を起こしてからが、ギータとは決定的に違った。

「おお！　これはこれは黄金竜様ではないですか！　僕は黄金竜様の眷属として誕生したということですね。いや、竜人という人型なのには驚きましたが、これはこれで面白いかもしれません。何より、黄金竜様が望んでこの姿を取らせたのなら、僕に否《いな》やはありえませんからね。おや、これはどうしたことか。黄金竜様よりも強大な存在がいますね。驚きを隠せません！　おやおや！　しかも、火竜の竜人もいるではありませんか。貴女は僕と同じ黄金竜様の眷属ですね。竜生では知り合いだったかは分かりませんが、仲良くしてくれたら嬉しいですね」

「「…………」」

生まれたばかりなのにマシンガントークを繰り広げる風竜の竜人。

俺たちは思わずポカンとマヌケ顔を晒してしまった。

「コレ、失敗したかのう」

人化して歩み寄るオオ爺サマがボソリと言う。

「いや、言葉は丁寧じゃないか……？」

まあ、軽そうでお喋りではあるが、俺には悪い奴には見えないけどな。

「滅するべきでは？」

ギータは、あまり好きなタイプじゃないのか、物騒なことを言っている。

でも生み出したものはもう仕方ないよな。

こうなったらドラゴンオーブには戻せないんだ。

「シグムンド殿、また名前を頼まれてくれんかの」

オオ爺サマに言われる。

「まあ、いいけど。少し考えるよ」

俺の視線の向こうでは、まだ名前も付けてもらっていないのに、ギータやリーファ、セブールに話しかける風竜の竜人がいる。

竜って、もっとドッシリとしたイメージだったんだけどな。

◇

そして数日後。

風竜の竜人の名前は、ゲイルに決まった。

早速ゲイルは、セブールに従者教育を受けているのだが、意外にも態度は素直で勤勉だ。口数が多いのは変わらないが。

ギータが苦い表情でゲイルを見る。

「どうしてあんなのが……」

「風の属性竜には、自由気ままな個体がたまにいるからのぅ」

そう解説するオオ爺サマ。

今も南の大陸に住む風竜の中で、似たような竜がいるらしい。もちろん、全部の風竜があんなじゃないようだが。

「まあ、害はなさそうじゃないか」

オオ爺サマは頭を捻る。

「う～ん。氷竜は比較的冷静な竜が多かったような気がするがのぅ。それに、水竜も穏やかな竜が多かったような……」

「長様、地竜は頑固で融通が利かない竜が多かった気がします」

「そうじゃな。今南の大陸に住む地竜の中にもそんな竜がいたな」

そんなことを話し合うオオ爺サマとギータ。

属性で性格に差があるなんて面白いな。血液型占いみたいだ。

まあ、サンプル数が少なくて、思い込みの部分もあるだろうけどな。

「よし！　次はこれじゃ！　これなら大丈夫じゃろう」

「連続で大丈夫か？」

オオ爺サマが、続けて眷属を生み出そうとするのを見て、一応確認した。

「何、この程度、なんでもない。シグムンド殿たちがチビ竜と呼んでおるアヤツを作った時の方が力を使うくらいじゃ」

「そうなんだ。まあ、消耗した感じは見えないから大丈夫か」

オオ爺サマ曰く、ゼロから己の魔力と竜気、それに眷属が生まれた瞬間から行動可能なように、知識も植えつける必要がある眷属創造は大変らしい。

オオ爺サマが次に選んだドラゴンオーブは、白い色をしていた。

白いオーブは、確か氷竜のものだったはずだ。

『ではシグムンド殿、結界を頼む』

「ああ、任せてくれ」

オオ爺サマが再び黄金竜の姿に戻るとそう言ってきた。

俺は解除していた結界をもう一度張り直す。

「さて、風竜みたいなのじゃなければいいな」

「そうですね。あの方は竜としての威厳が足りません」

俺の独り言に、リーファも言いたいことが溜まってたのか辛辣《しんらつ》に反応した。

ギータの後だから、そのギャップがな。

オオ爺サマから白いドラゴンオーブに魔力と竜気が注がれ、三回目の眷属創造が行われる。

光が収まった後に現れたのは、白銀の長い髪に二本の竜の角の竜人。その性別は女性だった。

「リーファ、急いで」

「承知しました」

俺は慌ててリーファに服を頼んだ。

リーファがまだ意識がない元氷竜の竜人に服を着せていると、オオ爺サマが人化して戻ってきた。

「ふむ。今度は雌か。ギータと同じように真面目な性格の個体だといいのじゃが」

「まあ、どんな性格でも、オオ爺サマを信奉するのは変わらないだろう」

「まあそうじゃが、ゲイルのようなのは一人で十分じゃ」

「確かに……」

それについては、俺もオオ爺サマと同じ思いだ。

チラッと見ると氷竜のオーブの竜人は、その氷のイメージ通りクールビューティーな女性な感じだから大丈夫だと思いたい。

やがて氷竜の竜人が上半身を起こす。

「はっ、これは黄金竜様。再び眷属としていただきありがとうございます」

礼儀正しく頭を下げる氷竜の竜人。

「ふむ。今回は成功のようじゃな」

「いや、オオ爺サマ。それじゃゲイルが失敗みたいな言い方になるから」

俺とオオ爺サマが小声で話していると、氷竜の竜人が体の様子を確認しながら立ち上がる。

そこにギータが声を掛ける。

「問題ないようですね。私は火竜のギータです。よろしく」

「私は氷竜の竜人として誕生したようですね。よろしくお願いします」

「ふむ。シグムンド殿、毎回すまぬが、名前の方を考えてくれるかのう」

またかよと思いつつも、オオ爺サマに言われて考える。

「そうだな……グラースでどうだ？」

「うむ。お主はグラースじゃ」

オオ爺サマ、自分で名前考えるのを放棄しているな。

「はっ、私はグラース。黄金竜の長様の盾となり矛《ほこ》となりましょう」

グラースが片膝をつき、首を垂れてそう言った。

ああ、間違いなくギータみたいなタイプの竜人だな。

「シグムンド殿。グラースをギータと同じように教育するようお願いできるか？」

「ああ、侍女教育と、人型での戦闘訓練だな。そっちは任せてくれ」

ギータが俺に声を掛けてくる。

「戦闘訓練には私も参加してよろしいでしょうか？　きっと部分竜化形態での戦い方をアドバイスできると思うのですが」

ギータは、竜人として誕生してから、オオ爺サマのお世話の空き時間を使って訓練を欠かしていない。

時々、リーファも付き合って出かけているのを、俺も把握している。グラースの指導の手伝いにはピッタリだろうな。

「ふむ。それもそうじゃの。どうじゃシグムンド殿？」

オオ爺サマがそう話を振ってきたので、頷く。

「そうだな。人型形態での戦闘はともかく、部分竜化形態は俺たちは教えられないからな。ギータがいるならこっちも助かる」

「ではギータにも頼めるかのう」

「はい。お任せください」

そんなこんなで、俺たちは城塞都市へと戻りながら、グラースに簡単に現状を教える。

この大陸の事情や、竜たちの住む南の大陸の邪神がどうなったかなど、取り急ぎ覚えておく必要がある。

それとゲイルを含めオオ爺サマの屋敷に部屋を用意することになった。

ゲイルが一緒と聞いたギータが嫌な顔をしたが、そこは我慢してほしい。

俺は手早く屋敷を増築することにした。何せ残りの古竜たちも人化の練習中だからな。草原地帯に遊びに来れば、寝泊まりする場所が必要になる。

家具や日用品類はセブールに頼もう。そこまで俺の手が回らない。

十四話　武器を使いたい竜

こうしてゲイルとグラースという二人の竜人が増えて、オオ爺サマの屋敷は賑やかになった。

主にゲイルのせいで……

今日もセブールとリーファがそれぞれゲイルとグラースへの従者侍女教育のために、オオ爺サマの屋敷まで来ている。

俺もオオ爺サマの屋敷の増築をサクッと済ませ、気になる部分を修正したりしていた。

屋敷をもう一軒建てるか迷っていたが、結局増築になったな。


そして、それは俺が増築分の修正を終え、ギータが淹れたお茶をオオ爺サマと飲んでいた時。

「武器を使ってみたい？」

「はい」

「あ、僕も僕も！」

「できれば、私も使ってみたいです」

ギータだけじゃなく、ゲイルの軽い返事は置いとくとして、グラースも控えめに主張した。

「シグムンド様も見てたと思うのですが、人型での戦闘は手加減が難しいのです」

「ああ……確かに俺がいないと数人危なかったな」

「はい」

竜気を纏った竜人の体は、まさに凶器になる。

それは魔力を纏う魔法の身体強化でも同じだが、もともと竜だった竜人で、しかも黄金竜の眷属であるギータたちの場合、身に宿す竜気は竜化した時の竜の巨体に相応しい強力なものになるんだ。

それの細やかなコントロールは、まだまだ難しいらしい。

なら、武器で戦った方がまだ手加減しやすくていいか。

武器に魔力や竜気を纏わせると、より凶悪な攻撃力になってしまう気がしないでもないが、守りに使うだけなら問題はなさそうだしな。

「確かに対人戦は武器術を使えた方がいいな」

「そうですね。ギータも今は手だけを竜化して戦うか魔法ですから」

リーファが説明すると、ギータが頷く。

「そうなんです。特に私は元火竜ですから、森では使いづらくて」

「ああ、深淵の森の樹は燃えづらいが、火竜の炎じゃ普通の木と変わらないくらいボーボーいくだろうな」

思わずその光景を想像してしまう俺。

ちなみにだが、基本的に、もとの属性竜だった頃に飛べたギータやグラースは、自分の属性以外にも風属性を使える。風属性であるゲイルほどの強力な攻撃や器用に魔法を使えないが、中級くらいまでの風魔法なら使えるそうだ。

「魔法の加減を覚えるのは続けるべきだけど、確かに手札は多い方がいいな」

そう言うと、セブールに聞かれる。

「旦那様、魔王国の鍛冶師《かじし》に武器を発注いたしますか？」

「いやセブール、微妙じゃないか？」

竜人に普通のじゃ武器が保《も》たないと思う。

セブールの知り合いに、特別腕のいい鍛冶師がいるのなら考えてもいい。だが、素材となる金属から、普通の金属で作ったのでは無理だと思う。

魔王国で特殊な金属が普通に流通しているなら、ギリワンチャンはあるだろうが。

「そうですな……」

セブールも俺の言いたいことを理解したのか、同意したが、さらに続ける。

「確かにミスリルやアダマンタイトといった特殊な金属は高価ですから、扱える鍛冶師も少ないでしょう。それでも注文するなら魔王国の鍛冶師しかないでしょうな」

「人族の鍛冶師じゃダメなのか？」

「魔族には三メートルを超える巨体の種族を始め、様々な種族がいますから、竜人に合う武器を作ることにも対応可能かと」

セブールが魔王国の鍛冶師を薦めるのは、竜人たちのような種族の多様性にも対応可能なのが、魔王国の鍛冶師くらいだという理由があったようだ。

「まあ、ギータたちが特殊な武器を欲しいなら、発注するのも一つの方法だけど、俺の手持ちのでよければそれを使えばいいんじゃないか？」

「旦那様の手持ちでございますか？」

「ああ、もう随分と空間収納の肥やしと化しているのがいろいろとあるからな」

「も、もしや、それは……」

俺がそこまで言うとセブールも気付いたようだ。

そう、俺の空間収納の中には、いろんな武器や防具が入っている。影収納に入れているものも含めると、その数はかなりの量になる。

改めて、俺って貧乏性だと自覚した。

そう。俺がギータたちにと考えたのは、俺が昔攻略したダンジョン、深淵の迷宮の宝箱やボスから得た武器や防具なんだ。

流石に俺用のものはダメだが、タンスの肥やしになっているものなら自由にしてくれて構わない。

「ダンジョンの中層くらいの武器や防具でも、町で売ってるものよりずっと性能は上だと思うぞ」

「それは当然でしょう。旦那様から聞いた話では、深淵の迷宮の中層とは五十階層付近になります。普通、五十階層もあるダンジョンは滅多にありません。それはすなわち高難度ダンジョンの下層で得られたものと同等ということです」

セブールがやけに饒舌《じょうぜつ》だな。この大陸に住む人たちにとって、深淵の迷宮は伝説上の存在だったからな。

その存在は神話やお伽噺で語られるも、それを証明した者はいない。なぜなら、それがあったのは深淵の森の中心地だったのだから。

何者も寄せ付けない深淵の森の深部。セブールも俺が実際に攻略していなければ、その存在を信じなかっただろう。

まあ、それは置いといて、ギータたちがどの武器を使うかだな。

「中層辺りのものなら、竜人の膂力《りょりょく》に十分耐えれるだろう」

「それはもう十二分に」

「なら、ギータ。使いたいと思うのがあったら言ってくれ」

俺は収納からいろいろな種類の武器を取り出していく。

同じ種類の武器でも結構な量があるので、ギータたちが使いたいものがあればって感じかな。

ショートソード、ロングソード、大剣、戦斧、ハルバード、バルディッシュ、クレセントアックス、槍《やり》、メイス。

それら並べられた武器を見たグラースが、控えめに聞いてきた。

「あの、細身の剣はありますか？」

「……あるよ」

俺は銀色の鞘《さや》に精巧な細工が施され、柄頭に青い魔石がはめられた細身の剣を取り出す。

「わ、私はコレがいいです！」

「ほらよ」

グラースに手渡すと剣を抱きしめ、キラキラとした目で穴が空くほど見ている。

クールビューティーのグラースが、レアな姿を見せてくれているな。

グラースが選んだのはミスリル製の細剣で、柄頭の魔石を見ても分かるように、魔法の発動体と

しての機能もあるものだ。

「僕、僕は……双剣《そうけん》とかある⁉　僕は、手数で攻めたいんだよね。それでね。できれば、風の属性剣ならなおよし！」

「……あるよ」

俺はうるさいゲイルのリクエスト通り、二本のショートソードを取り出す。

これは風の属性剣で、風魔法で切れ味を強化し、風の斬撃《ざんげき》を飛ばすこともできる。

「うわぁー！　これこれ！　こんなのがよかったんだよ！」

ゲイルはもう少し落ち着け。

俺は残ったギータへ視線を送ると、いつも真面目なギータらしくなく、少しモジモジしてから覚悟を決めた様子で要望を言った。

「私は片刃の剣はありませんか？」

「……あるよ」

ギータは片刃の剣を所望か。

俺はサーベルを二本取り出した。

片方はよくある西洋風のサーベル。もちろん、深淵の迷宮の中層辺りのドロップ品なので、その品質は折り紙つきだ。

もう一本は、拵《こしら》えは西洋風のサーベルのものだけど、その刀身はどちらかといえば大太刀《おおたち》に近いスタイルのサーベル。元日本人の俺の心をくすぐるカッコよさだ。

「では、私はコレを」

「おお、ギータはそっちを選んだか。分かってるじゃないか」

俺の気持ちが通じたのか、ギータは日本刀風の刀身を持つサーベルを選んだ。

「ではみなさん、私が武器の扱いを指導いたしましょう」

「お祖父様。私もお手伝いします」

セブールがギータたちに言うと、リーファも手を上げてくれた。

「「「お願いします」」」

一斉に頭を下げて、セブールについていく竜人たち。

「……行っちゃったな」

「……行ってしもうたな」

お世話するべき対象のオオ爺サマを一人残し、竜人三人とも行ってしまい、俺とオオ爺サマは二人でポツンと残されるのだった。

◇

ギータたちに武器を渡して数日後。

その後の扱いの訓練をリーファたちに任せたんだが、一人うるさいのがいる。

「ねぇねぇ、シグムンド様。僕人間の暮らす大陸は空からしか眺めたことないけど、この服ダサくない？　畑仕事している人たちと変わらない気がするんだ。ギータはさ、長様のお世話をする時は、リーファ嬢たちと似たような服を着ているからいいけどさ。でも僕は男だし、あの格好はできないでしょ。これじゃせっかくの自慢の双剣が泣くよ」

「分かった。分かった。リーファたちに言っておくから。なんだったらセブールに近くの街まで連れていってもらって、服でも防具でも買ってくればいい。お金は心配しなくても大丈夫だから」

ゲイルが話があると言うから聞いてみれば、どこでオシャレなんて覚えてきたんだ。

確かに今ゲイルが着ている服は、汚れが目立たないような茶色のズボンに、生成《きな》りのシャツ、その上にまた茶色いベストと、生地もゴツくお世辞にも着心地が良いなんて言えないものだ。

ザ・村人スタイルって感じだからな。

でもまあ、オシャレが気になるのも分からないじゃない。オオ爺サマが眷属として作った竜人の三人は、なぜか美形だからな。

まあ、この世界は顔面偏差値が高い人が多いから、特別抜きん出ているってわけでもないが、ゲイルたちは美形な上に魔力の保有量や竜気のせいか、なんだか雰囲気があるからな。

村人スタイルじゃ顔とのギャップが激しいとは、俺も思ってたんだ。

そう考えていたらさらにゲイルが騒ぐ。

「それにギータやグラースには、リーファ嬢、ブラン嬢、ノワール嬢が、服をたくさん用意していたじゃないですか！　僕だけ差別ですか？　セブール殿のような執事風の服とは言いませんが、せめてもう少しオシャレなのをお願いしますよ。ねっ」

「あ、ああ、分かってるよ。でもギータとグラースの服装は仕方ないだろ？　俺はまったく関知していないんだから。同性のリーファたちがフォローするのは当然だと思うぞ」

ギータたちが、オオ爺サマのように人化時に魔力で服を再現する術を使えれば、服装に関してリーファたちもフォローしないだろう。

けど、流石に竜人では服を再現する術までは無理らしい。その辺オオ爺サマは、流石古竜というところかな。

なお、前にギータが一瞬成功していたんだが、結局何が原因かよく分からないが再現性が低くて、いつも服を再現できるってわけじゃなくなってしまっている。

で、そんな感じで服装の問題があるので、ギータとグラースの下着を含めた普段着は、リーファ、ブラン、ノワールが用意している。

これはギータとグラースの要望で、いついかなる時も、とっさの戦闘にでも耐えれるものを、とのことで、そうなると選択肢は深淵の森産の素材か、アルケニー系の種族であるリーファやセブールが用意した蜘蛛《くも》の糸ってことになるからな。

だからリーファ産の糸で、服を作ってあげているというわけだ。

「リーファにゲイルの分も頼めばいいのか？」

「いえ、できれば街でショッピングがしてみたいですね。行く相手がセブール殿とで、男二人では少し締まらないですが、ギータやグラースは付き合ってくれませんから」

「……分かったよ。一応、お望みのデザインがあるなら、ブーツくらいは作れるから言うんだぞ」

「やった！　ありがとう！」


その後、セブールに近くの比較的大きな街へ、ゲイルを連れていってもらった。俺が行かなかったのは、悪いけど、あのテンションにずっと付き合うのはキツイからな。

悪い奴じゃない。いや、むしろいい奴なんだと思う。うるさいだけで。

俺はというと、オオ爺サマの屋敷にお邪魔して、リビングで一緒にお茶を飲みながらまったりしている。

ゲイルの相手で、少し精神的に疲れた。

「なあオオ爺サマ。風の属性竜って、みんなあんな感じなの？」

「風の属性を持つ竜は、自由を愛する傾向にあるが、ゲイルみたいなのは珍しいのう」

「あれ、自由って感じでもないもんな」

「うむ。素直で無邪気でうるさいヤツじゃ……おかしいのう。ドラゴンオーブは寿命を全《まっと》うした竜が遺すものなんじゃが……」

そうなんだよな。ドラゴンオーブを遺しているということは、長い竜生を全うしたはずなんだ。

まあ、精神が体に引っ張られることはあるだろうけど、ギータとグラースを見るに、ゲイルがやかましいのは、あれが素なんだろうしな。

「しかし、セブール殿にまで迷惑をかけてすまんの」

「まあ、ゲイルのお喋りはそうかもしれないが、そこはセブールは普通の人間と違って、多少遠くても移動は苦にならないから」

セブールは霧化する能力を使って、ゲイルは部分竜化で羽を出して風を使って飛べば、西方諸国の大きな街までひとっ飛びだろう。

なんなら俺が転移で送ろうかと聞いたら、ゲイルが飛んでいきたいと言ったからな。景色を見ながらピクニック気分を味わいたかったらしい。

けど高速で飛びながらじゃ、ピクニックもないと思うんだけどな。

「……あれで従者が務まるのかのう」

ゲイルの様子にため息を吐くオオ爺サマ。

「そういえば、四古竜は人化の術の方はどうなんだ？」

「イマイチのようじゃのう」

今も南の大陸で地脈の調整をしている、黄金竜のオオ爺サマ以外の四古竜。南を守る赤の古竜。東を守る青の古竜。西を守る白の古竜。北を守る黄の古竜。

彼らは始祖の古竜のうち長であるオオ爺サマの部下的な存在で、俺が南の邪神をプチッと潰すまでは、南の大陸の邪神の封印を守っていた存在だ。

その邪神を封印する結界を見張る役目もなくなり、現在は長年封印した邪神の影響で乱れに乱れた、この世界の魔力の通り道である地脈の調整しているらしい。

だがそれも特に急ぐ仕事でもなく、百年やそこらは放っておいてもそれほど問題はないそうで、今までは交代で草原地帯に遊びに来ていた。

それがこのところ姿を見せないのは、オオ爺サマ曰く、人化の練習をしていて、しかもそれが難航しているからのようだ。

「もともと我ら古竜が小さくなるなど必要なかったからな。なかなかに繊細な術じゃし難しいのじゃ。ワシは子供たちと遊びながら観察する時間も長かったからまだマシじゃったがの」

そう説明するオオ爺サマ。

「戦う上で弱くなる術なんて普通なら使わないもんな」

「そうじゃの。基本、人に交ざってのんびりするためだけにしか使わん術じゃから、贅沢な術とも言えるがの」

四古竜たちが特に難航している部分は、自分のイメージする服ごと変化することらしい。

まあ、服を別に用意して着ればいい話だが、オオ爺サマは完全人化でないと屋敷では過ごさせないと言ってあるそうだ。

オオ爺サマも部下には厳しいんだな。

十五話　四方を守る古竜たち

その日、俺は草原地帯に高速で近付いてくる巨大な存在を察知した。

まあ、見知った魔力だから心配ないんだが、四体全員が一度に来るのは珍しい。普段は地脈の調整の仕事があるから、来ても一体か二体なんだけどな。

そう。近付いてきたのは、この世界の南にある大陸に住む、四色の古竜の気配だ。

まだ少し距離はあるが、あれだけの存在感ある気配なので、俺だけじゃなく拠点のみんなが気付いている。

が、正体も同時に分かっているので、リーファとセブールが迎えに出る準備をしている。

「おそらく人化の術に成功したのでしょうな」

セブールが言うように、人化の術に成功したから来たんだろう。全員が一度に来るとは思わなかったが、少しくらい、そう、百年くらいなら南にある竜の大陸から離れても大丈夫らしいから問題ないだろう。

「多分、そうだろうな」

「では、門の外で出迎えますか？」

「ああ、オオ爺サマの屋敷にも案内しないといけないからな」

「じゃあ行くか」

「はい」

「お供いたします」

転移しようとしたら、リーファもそう言ったので、俺、リーファ、セブールで、一緒に草原地帯へと転移した。


草原地帯へ着くと、オオ爺サマ、ギータ、ゲイル、グラースが姿があった。

「シグムンド殿、あやつらのためにわざわざ足を運ばんでもいいというに」

「いや、俺も四古竜たちが人化の術でどう化けるか見たかったからな」

オオ爺サマと挨拶を交わししばし雑談をしていると、四古竜たちの姿が見えてきた。

「旦那様。お見えのようです」

そう教えてくれるセブール。

「かなりの速度で飛ばしてきたみたいだな」

「うむ。人化の術を覚えたのが嬉しかったのじゃろう。年甲斐もなく張りきりおって」

古竜ともなると、新しい術を覚えることもなかったのだろう。ここにきてまったく新しいことをする機会に恵まれテンションが上がってるんだろうな。

「おお！　あれが四古竜様方か！」

「長様と同じく神々しいお姿だ！」

「ウワッ、カッコイイ！」

ギータとグラースが感激して声を上げるが、ゲイルの反応はなんか違わないか？

そんな風に待っていると、やがて俺たちが立っている場所の近くの広いスペースに、音もなく降り立つ四色の古竜。

そのまま四古竜たちの姿が光に包まれ、ドンドン小さくなっていき、やがて人型を取ると人化が完了した。

「長よ。どうだ俺たちの人化の術は？」

「なかなか上手くできたと思わぬか？」

「これこれ、興奮するでない。シグムンド殿もしばらくぶりだな」

「おや？　長様が生み出した人型の眷属か。懐かしいな」

人の姿になった赤の古竜、黄色の古竜、青の古竜、白の古竜がそれぞれに話し始める。

だいぶ人型に慣れるために練習したんだろう。動きも話す言葉も自然だ。

「これこれ、四人とも落ち着かんか。こんなところで立ち話もなんじゃ。まずは、ワシの屋敷へ移動するぞ」

「長よ。俺の部屋もあるのだろうな」

「慌てるな赤の竜。全員分、シグムンド殿が用意してくれておる」

「「「オオッ！」」」

嬉しそうな様子の四古竜たち。

それをオオ爺サマが落ち着かせ、俺たちは城塞都市の中へと戻ることにした。

城塞都市に着く前も、着いてからも、ギータたちは緊張で大人しい。ゲイルでさえ空気を読んで黙っているからな。

ところで少し気になったので、俺は聞いてみる。

「黄金竜の古竜の長はオオ爺サマだろ？　他の古竜たちは今まで通り、赤の古竜や青の古竜とかって呼ぶのか？」

「ふむ。名前か。それがあったの」

オオ爺サマが考え込んでしまう。

ギータたちは、実はその属性にちなんだ名前を付けたが、別に四古竜は色が属性とイコールじゃないからな。

「そもそも、昔からワシは長と呼ばれていたが、他は明確な呼び方などなかったからのう」

「そうだな。自分たちでも青のとか、白のとかって色で呼んでるな」

「そうだな。それに自分のことを自分で古竜と言うのも、なんか違う」

「古竜とは人間が自分たちの尺度で分けるために考えたものだしな」

「まあ、原初の竜なのだから古竜で間違ってはいないが、自分たちがそう名乗るのは違うな」

そんな会話をするオオ爺サマと古竜たち。

まあ、オオ爺サマが長と周りから呼ばれるのは、神が最初に古竜たちのまとめ役として創ったからで、四色の竜と合わせて古竜と呼ぶのも、太古の昔から生きる竜なのだから間違ってはいない。

とはいえ、人化して暮らすとなればまた話は変わってくるか。

「シグムンド殿、またお願いしてもいいかな？」

「うーん、分かった。分かった」

神使である古竜に呼び名を付けると考えると、本当に畏れ多い感じになるけど、渾名《あだな》を付けるくらいの感覚で考えてみるか。

ないと不便なのは間違いないし、いちいち古竜呼びすると、周りに正体を喧伝《けんでん》しているようなものだしな。

ギータたちの時と違い、属性に関係する名は付けれない。となると色をそのままって感じがいいか。それなら渾名っぽいしな。

「じゃあ、それぞれ古竜の時の鱗の色から、ヴァイス（白の古竜）、ロッソ（赤の古竜）、ブラウ（青の古竜）、ジョーヌ（黄の古竜）でどうだ？」

いろいろな国の言語がゴッチャになったけど、呼びやすく分かりやすくと考えてみた。

「おお！　俺はロッソか」

「ふむ。ヴァイス……ヴァイスか。いい響きだ」

「ジョーヌ。いいな」

「ブラウか。覚えやすくていい名だと思う」

四古竜たちは気に入ってくれたようだ。

「感謝するぞ、シグムンド殿。実はワシらには神よりいただいた真名《まな》があってな。そのためこの名は渾名という扱いになるが」

「いや、神の付けた真名なんてのを差し置く気持ちは一ミリもないよ。俺だってそれくらい弁《わきま》えているさ」

オオ爺サマの話からすると、やっぱり古竜たちには真名があるようだ。魔法や呪術の存在する世界で、神使の真名を知られるわけにはいかないのは俺でも理解できる。

俺とオオ爺サマ、その後ろに四古竜とセブールとリーファが歩いて、オオ爺サマの屋敷へと向かう。

その少し後ろで、ぶつぶつとギータたちが四古竜の呼び名を覚えようとしていた。

そんなに真剣にならなくっても、四古竜たちは間違っても怒らないだろうに。

その後、オオ爺サマの屋敷に移動。そこで落ち着き、ギータとグラースの淹れたお茶を飲む。

「なあ長。世話をする眷属が一人足りないんじゃないか？　一竜一人だろう」

「そう思うなら赤の竜……ではないな。ロッソが眷属を作ればいいじゃろう」

ロッソが注文をつけるが、オオ爺サマにそう言われる。

「いや、術の制御が面倒で、俺たちじゃ失敗する可能性もあるじゃないか」

ところが眷属を作るのは古竜でも難しいらしく、オオ爺サマでないと安定して成功しないらしい。

「チビ竜のような自身の竜気と魔力で作る眷属なら別だが、ドラゴンオーブを使った眷属は私たちでも難しいからな」

「ああ、もとになるのが知識や経験が刻み込まれたオーブだからな。術の制御がとにかく難しい」

それはジョーヌやヴァイスも同じようだ。

俺も少し興味が湧いて、失敗するとどうなるのか聞いてみた。

「ミスるとどうなるんだ？」

「ドラゴンオーブから竜人を作ったことがあるのは長だけです。失敗した竜人は、体は大人、精神は幼児でしたね」

「ああ、知識と経験の継承が上手くいかなかったんじゃやな」

ジョーヌによると、失敗すると大人の体を持つ赤ちゃんができるらしい。それは気軽に失敗してもいいとは言えないな。

「それはトライする勇気が湧かないな」

想像して呟くと、ジョーヌが言う。

「竜形態なら南の大陸で生きていくうちに、精神も成熟してゆくでしょうが、見た目は人間の大人で、精神が赤ちゃんの状態で十数年と考えれば……ねぇ」

「考えたくもないな」

竜ならまだ我慢できる。でも人間の大人の姿で赤ちゃんは無理だ。竜なら種族として最強なので赤ちゃんでも生きていける。だが人型じゃそれは無理だろう。いくら竜人だとしても無理なんじゃないかな。

それを世話しなきゃいけないとなると、なかなかキツイものがあるだろう。

「うん。じゃあ、増やすならオオ爺サマが作る一択だな」

「ああ」

「だな」

「それ以外考えられんな」

「長、頼む」

俺が言うと、ジョーヌがオオ爺サマに眷属作りを押しつけ、ヴァイスやロッソ、ブラウもそれに乗っかる。

「むう。面倒なことはワシにばかり押しつけよる……まあ、いい。では、どの属性のドラゴンオーブを使うかくらいお前たちで決めろ」

オオ爺サマも仕方ないと諦めたのか、四古竜たちに言った。

「属性かぁ。なんでもいいんだけどな」

ロッソは属性にはこだわらないようで、腕を組んで考え込む。

「ギータが火で、グラースが氷、ゲイルが風だよな」

「となると水か土」

「それか雷だな」

ヴァイス、ジョーヌ、ロッソが候補を挙げていく。

「候補としては、雷はないかな」

「なぜだブラウ?」

「ロッソ、雷の属性竜は風の属性竜に性質が近いんだ」

「ああ、それは避けたいな」

雷の属性竜は風の属性竜に性質が似ているらしい。

ブラウとロッソの視線がゲイルを見ているのを、俺は見逃さなかったぞ。

「土の属性も私としてはないかな」

「私もジョーヌと同じ意見かな。土の属性竜は悪くないんだけどね」

「ああ、ちょっと窮屈だ」

どうしてなんだろうなと思っていると、ロッソから答えを聞かされた。

どうやら土の属性竜は、堅物《かたぶつ》で頑固、融通が利かない生真面目な性質の竜が多いそうだ。

でも俺的には、そんな性質ならお世話係にいいと思うんだけどな。ゲイルを見ているから余計にそう思うんだが、四古竜たちは違うみたいだ。

四古竜たちは、南の大陸で地脈の調整と瘴気《しょうき》の浄化という仕事がある。

神が邪神を封じてから永き時を掛けて狂った地脈と穢れた魔力を調整、浄化するのは時間が掛かる。それは数年単位ではなく、数十年、数百年単位での話だ。

そんな仕事を持つ四古竜たちは、ここに仕事の疲れを癒すために来る。

だから、お世話をする眷属で逆にストレスを溜めたくないらしい。

「もうそうなると水一択じゃないか？」

「ああ、水の属性竜は真面目で穏やかな性質の竜が多いな」

「南の大陸周辺の広い海で暮らすからか、おおらかな性格の竜が多い気がする」

「もうそれは決まりだな」

ジョーヌが言うと、ロッソやブラウ、ヴァイスも賛成する。

「あと雌雄は選びようがないのがな」

「それは仕方なかろう。ワシもいちいちどのドラゴンオーブが、どの性別だったかなどと覚えておらんわ」

ロッソが呟くが、それは流石にみんな無理だと理解している。

基本的に属性竜が寿命で遺すドラゴンオーブは、雌雄で見た目に違いはない。属性ごとに色が違うだけらしいからな。

そこで俺は疑問に思い質問した。

「同じ属性の竜に個体差はないのか？」

「個体差がないとは言わんが、ドラゴンオーブに差が出るほどではないな。むしろ差が出やすいのは魔石の方じゃな」

ドラゴンオーブとは知識と経験を凝縮して遺す力なので、オーブに大小などの差は出づらいそうだ。

オオ爺サマの、差が出やすいのは魔石と言ったことに疑問が湧く。

「へぇ、そう言えば、眷属を作るのに、魔石は利用しないんだな」

「うむ。眷属を作る際、ワシの竜気と魔力で術を発動させるのじゃが、魔石の魔力はむしろ邪魔になるのじゃ。繊細な制御が必要な術に、他者の魔力まで制御は無理じゃ」

「なるほど、それはそうだな」

単純に魔石の魔力を利用するのと、魔石の中に込められた魔力を制御するのは難易度がまるで違う。これは俺も納得する話だな。

俺だって魔導具やゴーレムにいろいろと魔石を使っているが、基本的には燃料としてだしな。

「はぁ、とりあえず明日でもいいかのう」

「そうだな。今日は四古竜たちの歓迎の宴でもしようか」

「「「オオォォ‼」」」

新しい眷属よりも、まずは四古竜をもてなさないとな。

◇

翌日、朝に起きてきたのは、俺とオオ爺サマ、それとギータだけだ。

四古竜？　屋敷で寝てるよ。朝まで飲んでたからな。

基本、古竜だから酒なんて飲んでも酔わないらしいが、それじゃお酒を飲む楽しみが少なくなるって言うんで、意図して酔っ払っているらしい。

そんなことできるんだって変に感心したけどな。

それでグラースとゲイルは、酔っぱらいの世話をしているので、ギータだけってわけだ。

「すまんな、シグムンド殿」

「いや、俺も眷属はそれなりにいるからな。増える分には喜ばしいことじゃないか」

このところ付き合うことが多かったからか、すまなそうにするオオ爺サマだけど、眷属が増えるのは悪いことじゃない。

「また私の同胞が増えるのですね。楽しみです。できればグラースのような竜人を希望します」

「それは本当にな」

「うむ。切実にそう思うぞ」

ギータの要望を、俺とオオ爺サマも切実に願っている。

誰かとは言わない。あのタイプは一人で十分だ。


東の門を出てしばらく歩くと、農地が途切れ草原が広がる。

「この辺りでいいか」

オオ爺サマは水竜のドラゴンオーブを用意すると一人俺たちから離れ、もとの黄金竜の姿に戻る。

相変わらず古竜の中でも一回り大きい巨体はかっこいいな。

『ではいくかの』

もう見るのも四度目だが、相変わらず魔力の制御が見事だな。この辺は年の功だと思わずにいられない。

竜気と魔力がドラゴンオーブを核にして、術式が発動する。

やがて現れた人型は、青い髪に二本の角の男の竜人。

今回は男だったので、俺が手早く服を着せた。

そこにオオ爺サマが、人型に戻り、俺たちのもとへ戻ってくる。

「今回は雄か。アタリじゃといいがな」

「まあ、ハズレはないから」

オオ爺サマは心底ゲイルの二の舞は避けたいようだ。

やがて元水竜の竜人が目を覚ます。

「うっ……はっ、これは、古竜の長様。眷属として生み出していただき感謝いたします。我が身の寿命が尽きるまでお側で励みます」

今回の竜人は、すごく穏やかで真面目な感じだ。ゲイルをハズレ呼ばわりするオオ爺サマじゃないが、アタリなんじゃないかな。

「うむ。今回はまともなようじゃな。シグムンド殿、またお願いできますかな」

「水だよな……」

で、いつものように名前を考えないといけない。

「……そうだな。メールはどうだ？」

「ふむ。メール。よいの。では、これからお主の名前はメールじゃ」

「はっ、名を付けていただきありがとうございます。いただいた名に恥じぬよう励みます」

うん。ゲイルと違って真面目だ。大当たりだ。

俺はオオ爺サマと顔を見合わせお互い頷く。

「人間の社会の常識や従者としての教育は、ゲイルと一緒にセブールに任せるか」

「うむ。セブール殿には手数《てすう》を掛けるがな」

「四古竜がいつまでいるのか分からないが、あまり自由にフラフラされると心配だからな」

一竜につき一竜人というお世話体制は、四古竜たちがそれぞれ城塞都市内で自由にしすぎてハメを外さないよう見守るという意味合いがある。竜人たちは、セブールやリーファたちに仕込まれているから大丈夫だが、四古竜は違うからな。

ちなみにオオ爺サマは、城塞都市の外で人間を観察する時間がそれなりにあったから、人間社会の常識も問題なかったりする。

「まあ、四古竜（赤のロッソ、青のブラウ、黄色のジョーヌ、白のヴァイス）も常に全員がいるわけじゃないし、そう慌てて仕事を覚えさせなくてもいいだろう」

「うむ。そうじゃな。あやつらがどれくらいの頻度で滞在するか分からんがな」

「いえ、長様。早くお役に立てるよう頑張ります」

とりあえずは、ギータやグラースがいるので、メールが焦る必要はないと思うのだが、メールは一日も早く古竜たちの世話を一人前にこなしたいと真面目に言う。

……ゲイルに爪の垢を煎《せん》じて飲ませたいな。

まあ、メールは放っておいても大丈夫だな。あとはセブールにお任せだ。

十六話　お茶っ葉騒ぎ

シグムンドたちが住む大陸の南端にある草原地帯とは真逆の、大陸北西部を広く治める魔王国。

その中でもさらに北に、竜人族たちは暮らしている。

いくつもの小さな集落に分かれて暮らす竜人族にとって、現在重大な案件があった。

彼らの神と言っていい古竜が草原地帯に滞在している。そして幸運にも魔王国第二王子ダーヴィッドのキャラバンに同行する形で、古竜の長である黄金竜を詣でることができたのだ。

とはいえ、今回草原地帯に行けたのは、竜人族の各集落から代表の長老数名と、武に自信のある若者を選抜した少人数。

当然、残った者たちに不満が溜まっている。

黄金竜が実際に彼の地に顕現《けんげん》しているという情報だけでなく、竜人族たちの始祖である竜人がいると聞かせられてはじっと待つのも難しい。

「次の殿下の南方遠征はいつになる？」

そう集落の長老に尋ねる、居残り組となった竜人族の者たち。

「そう焦るな、殿下の南方遠征は多くて年に数回。次までしばし時間は空くであろう」

「そんな悠長なことを言えるのは、お主が黄金竜様に拝謁《はいえつ》したからであろう」

「そうじゃが、理由なしに国をいくつもの通り抜けて草原地帯へは行けん」

十年ほど前まで戦争状態だった西方諸国の国をいくつか通り抜ける必要があるため、魔王国の国民の行き来は、冒険者であっても難しいのが現状だ。

「むぅ……何か方法は……そうじゃ！　交易の回数を増やしたくなる特産品があればいいのじゃ！」

「特産品？　そんなもの、この北の地にあるか？」

特産品をと言いだした別の集落の長老に、また別の長老が首を傾げる。

「あるではないか！　竜人族が誇る高級茶葉が！」

「おお！　それがあったな！　あれならいけるかもしれん」

魔物と木材、それにジャガイモに似た作物程度しかないこの竜人族が住まう北の地だが、唯一大陸中の裕福な者が買い求めるものがあった。

それが、この北の厳しい環境でしか生育しない、お茶の木から採れる茶葉だ。

魔王国の貴族や豪商はもとより、魔王国と敵対するジーラッド聖国以外の西方諸国の高位貴族がこぞって買い求める高級茶葉。

長老はそれを武器に、ダーヴィッドと交渉しようと提案したのだ。

急遽、緊急の長老会が開かれ、議題に上がった茶葉の輸出は満場一致で可決された。

同時に、もっと交易の目玉となる特産品がないか、それぞれの集落に持ち帰り検討することも決まるのだった。

◇

ここは、大陸一の国土面積を誇る魔王国の王城。通称、魔王城。黒く巨大で無理矢理に増改築を繰り返したような不思議な巨城。

その一室で、ダーヴィッドが頭を抱えていた。

ダーヴィッドの前にいるのは、竜人族の長老だ。

「殿下、我ら竜人族の唯一の特産品である高級茶葉を、草原地帯の黄金竜様がおられる地に輸出したい！　大陸一の茶葉じゃ。あの地の者たちも買うじゃろう」

「いや、高級すぎるのではないですか？　あの茶葉は、王都の貴族でも一部の者にしか手に入れられない希少品でしょう」

「なに、黄金竜様にも献上したいからの。ほら、次の交易の日時を早めるのじゃ！」

竜人族の長老は、交渉相手が第二王子であろうが押しが強い。

現魔王を赤ちゃんの頃から知っている長命の竜人族の長老なので、若いダーヴィッドにはさらに強気だ。

ちなみに、竜人族との交渉に、現魔王であるヴァンダードが顔を見せないのは、会えばいつも赤ちゃんの頃の話をしだす長老を避けているからなのだが。

ガチャリと音がして、部屋に一人の魔族が入ってきた。

「長老、そう殿下を虐《いじ》めるな。草原地帯との交易は、魔王国としても非常にデリケートな案件なのだ」

「ああ、宰相《さいしょう》」

「むっ、デモリスか！　久しいの！」

入ってきたのは、魔王国宰相のデモリス。

ダーヴィッドが助かったと声を上げ、竜人族の長老もデモリスに声を掛ける。

「久しいのはいいが、長老よ。草原地帯との交易に関しては、向こうの意向がすべてに優先されるのじゃ。まあ、高級茶葉なら向こうも欲しがるだろうから、問い合わせてみるからそれまで待て」

「何を悠長なことを言うておる。すでにわしらは次の拝謁に向かう人員を決める話し合いを始めておるぞ！」

デモリスが慎重になるのは当然だ。

あの地は、神話の黄金竜以上の存在が支配する場所なのだ。魔王国の総力をもってしても勝てる見込みはゼロと言わざるをえない超越者。

だが長老はそんなことを気に留めてはいない。

「いやいや、頼むから草原地帯のあの城塞都市に迷惑をかけることだけはやめてくれ！」

デモリスの魂の叫びだ。シグムンドが先代魔王であるバールのような気質だったなら、今頃この大陸が更地だったとしても不思議じゃないとデモリスは思っている。

幸運なのは、シグムンドが無闇《むやみ》に力に訴えることもなく、脳筋ばかりの魔族と比べて、冷静で穏やかな気質の人物だということだ。

「うん？　あの地は魔王国の飛び地ではないのか？」

「「そんなことあるわけないでしょう！」」

竜人族の長老の勘違いに、ダーヴィッドとデモリスが悲鳴のような声で否定する。

そこに、二人の魔王国の重鎮《じゅうちん》が部屋に訪れた。

「デモリス殿が苦労してそうだな」

「竜人族はよくも悪くも、思い込んだら突き進むからな」

「アバドン！　イグリス！　お前たちからも言ってやってくれ！」

部屋に入ってきたのは、魔王国の文官の長であるアバドンと、武官の長イグリスだった。

ここに魔王を支える魔王国の重鎮が揃ったことになる。

「ダーヴィッド殿下も大変だな」

「イグリス殿、お願いですから長老に教えてあげてください。あの地のことを」

ダーヴィッドは竜人族の相手に疲れきっていた。

ただでさえシグムンドという規格外のバケモノの治める土地を行き来しているというのに、竜人族たちがさらに騒ぎを起こそうとしている。

だが、いつまでもシグムンドの人柄に甘えてはいられない。シグムンドがキレれば、魔王国は終わるのだから。

「長老、はっきり言うぞ。あの地は我ら魔王国では維持することはできない。深淵の森の魔物の餌になるのがオチだ」

「何を言う。現に砦を築いておるのだろうが」

「いや、アレはあるお方の力で作られたモノだ。その方の力が及ぶ範囲ゆえに、民は城壁の外に出て農地を耕すことができる。俺たちじゃ森の外縁部の魔物ならなんとかなるかもしれんが、それを毎日は到底無理だ」

「……どういうことだ？」

「あの地は、黄金竜様が助けを請う深淵の森の奥地に住む存在あっての土地ということさ」

「!?　ワシを謀《たばか》っているわけではないのだな？」

イグリスの説明にやっと、草原地帯が魔王国でも黄金竜のものでもないと理解した竜人族の長老。

「他の長老たち。あの地に行った長老たちは、このことを知っているのか？」

「知らないでしょうね。黄金竜様と竜人しか目に入ってなかったですから」

それから長老は、ダーヴィッドから竜人族たちの現地での様子を詳しく聞かされた。

「それは、だいぶ無礼な振る舞いを……だが、仕方なかろうな。黄金竜様や竜人様がおられるなら、ワシでも周りが見えんようになるじゃろう」

「でしょうね。ですが分かってもらえましたか？　草原地帯との交易は、私たちの都合だけじゃ進まないのですよ」

長老がやっと納得したところで、アバドンが念押しした。

「まあ、魅力的な交易品なら向こうも考えてくれると思いますがね。ひとまずダーヴィッド殿下に交易回数を増やす交渉をしてもらうことからですね」

「えっ⁉　僕がですか？」

アバドンからシグムンドとの交渉を押しつけられて驚くダーヴィッド。

「担当なのですから当然でしょう」

「グッ……分かりましたよ」

「頼むぞ殿下！　全竜人族のために！」

草原地帯から返ってきたばかりのダーヴィッドが、蜻蛉《とんぼ》返《がえ》りするのが決定したのだった。

◇

場所は変わり、ここは魔王城にある、一定の地位を有する文官のために割り当てられた一室。そこに二名の男性と一人の女性が座っていた。

リーファの両親であるルードとラギア。ルードの父親であるセブールである。

「で、ルード。急に私を呼びつけたということは、何か急用があるのでしょうね」

「父上、そんな言い方はないでしょう。子が親に会うのに呼びつけたなんて」

「そう言うなら、深淵の森にお前が来ればいいではありませんか？」

「無茶を言わないでください！　命がいくつあっても足りませんよ！」

「相変わらず軟弱な……」

文官肌で戦闘方面はからっきしなルードを、セブールは常々頼りなく思っているも、セブールとしては当然、文官の重要性も分かっている。

ただその辺りの自分の息子に対する葛藤《かっとう》はいまだにあり、それがついつい言葉に出てしまう。

親子喧嘩とも言えないレベルだが、このままでは話が進まないと、ラギアが強引に本題に入る。

「まあ、お義父《とう》さん。今回は呼びつける形になり申し訳ありません。実は、ダーヴィッド殿下が、草原地帯へと出発しまして」

「おや、キャラバンはもう少し先だと記憶していますが？」

セブールは首を傾げる。

前回、草原地帯で販売できる分の小麦は、すでに魔王国に売却済みだ。もう一度来たからといって、販売する農作物などあるはずもない。

「父上、ダーヴィッド殿下は、交易機会を増やしていただきたいと交渉するために向かったのですよ」

「ふむ。交易機会を増やすのはいいが、草原地帯から魔王国に売るものはないぞ」

「それが竜人族の長老が、北限《ほくげん》の茶葉を売るので、交易の回数を増やせないかと、殿下に迫りまして」

「ああ、竜人族絡みですか」

無茶を言っているのが竜人族なら、セブールも納得する。

彼らは黄金竜と竜人に会いたいだけなのだから。

「竜人族側から、茶葉を持ち出すくらい本気なんだよ。父上」

「ふむ。竜人族のことは別にして、北限の地の茶葉は魅力的だな」

「そうでしょうお義父さん。魔王国でも一部の貴族くらいしか手に入らない超高級茶葉だもの。私も飲んだことはないわ」

セブールにとって、たびたび竜人族が来るのは煩《わずら》わしい。

そのたびに黄金竜ことオオ爺サマが人化を解き、草原地帯で会わないといけないとなると、毎回オオ爺サマにその手順を頼むのが忍びないからだ。

「まあ、とにかく竜人族の件は、オオ爺サマと、旦那様に相談するべきですな」

ルードはセブールの言葉に、激しく首を縦に振る。

「だろ？　黄金竜様の気性は知らないが、シグムンド殿の機嫌を損なうことだけは魔王国としてできないと思っているんだよ」

「ふむ……とにかく一度戻りますか」

セブールは少し考え、とりあえずそう結論を出した。

「交易の回数を増やすこと自体は問題ないと思います。しかし、我ら側から売るものをどうするか相談する必要がありますし、それが魔王国側が欲しいものである必要がありますからね」

「分かりました。デモリス殿とアバドン殿にはそう報告してもいいですよね」

「ええ。ルードの思うままに」

そう言ったセブールは、その場から霞《かすみ》のように消えていなくなった。

「あっ!?　父上。普通に帰ってください！」

「あなた、お義父さんのアレはいつものことじゃない。それより報告に行くわよ」

「あ、ああ、分かってるよ」

ラギアに促され、二人はデモリスやアバドンのもとへと急ぐ。

魔王国において、草原地帯のことは最重要案件に指定されているからだ。

魔王城の執務室の扉をノックするラギア。

「ラギアとルードです」

「入りなさい」

その声を聞き部屋に入ると、中には宰相デモリスとルードの上司であるアバドン、そしてラギアの上司であるイグリスがいた。

「まあ、座りなさい」

「はっ」

「分かりました」

アバドンがルードとラギアに着席を促し、それに従いルードとラギアが席に着く。

「そのルードの表情からすると、悪くない反応だったみたいだな」

「ふむ。それは一安心じゃ」

アバドンがルードの表情を見て判断し、デモリスもホッとする。

「で、どうだったんだ？」

そこに、せっかちなイグリスが二人に報告を急かした。

「父上は、交易の回数を増やすとして、草原地帯側が魔王国に売るものがないのではと懸念していました」

「ただ、北限の茶葉には興味があるようです」

ルードとラギアの報告を受け、アバドンは頷く。

「うむ。想定通りだな。とはいえ、シグムンド殿が許可していただけるのなら、こちらとしては欲しいものはいくらでもある」

「ああ、深淵の森の素材だな。外縁部のものでも、価値は大きい」

イグリスがそう指摘した。

以前、ヴァンダードが草原地帯へ出向き、シグムンドと会談した時に取り決めた通り、少量だが、現在魔王国は、深淵の森の素材を購入している。

が、もっと交易量を増やしてほしいという要望は国内から多い。

「深淵の森の奥で暮らすセブール殿からすると、たいしたものではないのかもしれんがな」

「まあ、父上は隠居して森の外縁部に居を構える変わり者ですから」

実の息子なのに地味にセブールを貶《けな》すルード。

セブールは、先代魔王崩御《ほうぎょ》後、深淵の森の外縁部に屋敷を構えて引きこもっていた。ただ、引きこもりとはいえ、深淵の森の外縁部は戦闘能力の高い魔族でも厳しい地だ。

「ではダーヴィッド殿下に使い魔を飛ばしましょう。その線で交渉すれば、よい返事がもらえるかもしれません」

「うむ。アバドン、頼めるか」

「ええ。すべてのキャラバンを同規模にはできないでしょうが、交易回数を増やすのはシグムンド殿と我らの関係を今後とも良好に保つ役に立つでしょう」

魔王国としては、今の年に二回の交易で、かなりの量の小麦が買えるようになったので、十分助かってはいるが、その反面魔王国では、魔物素材の流通は確立していない。

最近でこそ西方諸国からの冒険者や、魔族の中にも冒険者となる者もチラホラと増えてきたが、基本農民でも人族よりもずっと戦える魔族に、冒険者ギルドは馴染まない。それがここ数年で魔族の生活や暮らしも変わり、魔物素材の利用法なども浸透すると、人族のような冒険者という職業も確立していったのだ。

というわけで魔物素材の需要が高まり、さらなる輸入が望まれているという現状があるため、魔王国としては草原地帯との交易の回数を増やしたいという思いがある。

「たまにでもいいから、森の中心部の素材を手に入れたいな。俺の防具や部下の防具に使いたい」

「イグリス、まずは陛下に献上でしょう」

「いや、陛下が前線に立つなんてないだろう？　俺たちは今も現場に出るんだから、俺たち優先だろう」

「アバドン、イグリス、その辺にしておけ。それもこれも、ダーヴィッド殿下の交渉が上手くいってからの話じゃ。ルード、ラギア、ご苦労だったの。セブール殿には、よろしく言っておいてくれ」

「「はっ」」

デモリスの言葉でルードとラギアが部屋を退出し、アバドンもダーヴィッドへ使い魔を送る用意に出ていく。

イグリスは訓練へ行き、デモリスは一つため息を吐くとヴァンダードへ報告に向かうのだった。

十七話　お茶が飲みたい

俺――シグムンドが、深淵の森の拠点の屋敷でダラダラしていると、ルードさんとラギアさんに呼ばれていたセブールが帰ってきた。

どうやら竜人族関連の話らしいが、面倒事じゃないだろうな。

「実は、竜人族側から交易の機会を増やしてほしいとの要望があったようです」

「ああ、オオ爺サマとギータに会いたいってことだな」

やっぱり竜人族関連の話だった。本当は交易とか関係なく来たいんだろうが、古竜に会いたいからっていくつも国を越えてくるのは、途中の国が認めない。

魔王国のキャラバンは、途中の国にも利益があるからこそ許されてるんだからな。

「まあ、そうなのでしょう。ですが、我らから魔王国には売るものがありません」

「うちは小麦や塩を売って、魔王国からは建材や衣類や日用雑貨を買ってるからな。植えつけ時期を変えた小麦は年に二回以上に増やせないぞ。買うものだって、人は増えたから必要なものはいろいろとあるだろうけど……」

草原地帯では城塞都市の中だけじゃなく、城壁の外にも広い農地を作り、魔王国向けの小麦を作っている。草原地帯の農作物は、俺の眷属であるウッドゴーレムたちに加え、俺とオオ爺サマの影響もあり、他の土地よりも生育が早く味もいい。

でも小麦の輸出は、年に三回とか四回には増やせない。

「そこで竜人族の長老は、彼らの住まう北限の地の茶葉を交易品にと考えているようなのです」

「北限の茶葉？　お茶の葉か？」

「はい。魔王国のみならず、西方諸国でも一部の王族や高位貴族でないと飲めぬ高級茶葉です」

「高級茶葉！　欲しい！」

「旦那様なら、そう仰ると思ってました」

高級茶葉。なんていいワードだろう。

深淵の森の拠点でも茶葉は栽培しているが、この大陸でも幻レベルに希少な茶葉とか、飲みたいに決まってる。俺はコーヒーも好きだが、お茶や紅茶も好きなんだ。

北限の茶葉とは、厳しい環境に強い魔族の、その中でも特に強い竜人族だから暮らせる土地で育つ奇跡の茶葉だそうだ。

「セブールも飲んだことがあるのか？」

「はい。そう多くはありませんが、極上のお茶でしたな」

魔王の側近だったセブールでさえ、そんなに頻繁に飲めない高級茶葉のようだ。

「それは定期的にぜひ欲しいな」

「おそらく竜人族の長老から言いだしたのでしょうから、それなりの量を購入できるのではと思います」

「拠点で育てている茶葉も美味しいが、アレは副次効果に価値があるからな」

「そうですな。森の茶葉も世に出せば、高値で売れるレベルの味ですが、北限の茶葉は香りと、上品でスッキリとしながら余韻の深い味わいが他にはありませんからな」

「ますます飲みたくなるな」

ちなみにだが、深淵の森の拠点のお茶を飲むと、僅かだけど魔力の回復効果がある。なので価値は世間的には高いとセブールは言う。

俺的に感じられないくらい僅かでも、普通の人間なら、その回復効果は馬鹿にはできないレベルらしいからな。

「その辺りの話をするために、ダーヴィッド殿下がこちらに向かっています」

「はぁ、ご苦労様だな」

「随分と竜人族の長老から突き上げがあったようですからな」

なんとダーヴィッド君、帰ったばかりなのに、また来るらしい。苦労人だな。

「竜人族の立場って、魔王国でもそんなに強いのか？」

「実際の力という意味ではそれほどでもありません。確かに種族としての戦闘力は高いのですが、人数が少ないですから。ですが、竜人族の長老たちは現陛下のおしめを替えたと昔話をする方も多いのです」

「うわぁ～、それは嫌だな」

「ええ、ですから基本的にヴァンダード陛下は竜人族の長老たちとは会いたがらないのです」

「うん。いろいろと面倒な存在だと理解した」

まるで昭和の近所のオッチャンやオバチャンじゃないか。人間関係って、世界が変わっても似たようなことがあるんだな。

魔王国の第二王子であるダーヴィッド君が、まるで使い走りみたいになっているのが不憫だな。

まあ、とりあえずオオ爺サマにも知らせておくか。

「オオ爺サマへの報告は？」

「いえ、旦那様への報告が先だと思いましたので」

「じゃあ、今から行こうか。リーファもいるだろうし」

「お供いたします」

元水の属性竜だったメールは真面目だから、放っておいてもオオ爺サマたちの従者としての教育は大丈夫らしいが、一応ギータやグラースは引き続きリーファから学ぶことがある。

そこでセブールやリーファがまだ講師役となっていて、今日はセブールが急用だったのでリーファがオオ爺サマの屋敷へ行っていた。

え、ゲイル？　さあ、分からん。

アレは自分で適当にやってるだろ。変に構って懐かれても困る。

そんなわけで、オオ爺サマの屋敷に行くと、料理人のシプルが俺とセブールを見つけて訴えてくる。

「シグムンド様、セブールの旦那、弱音は吐きたくないが、頼むから人手を増やしてくれ」

「「ああ」」

悲愴《ひそう》な顔で頼むシプルに、俺とセブールは思わず納得してしまう。

それはそうだろう。当初、オオ爺サマ一人だったのが、竜人が四人に加え、古竜まで四人増えた。

ギータたちの仕事は料理人じゃないから、全員分の食事を作るのはシプルだ。

もともとオオ爺サマたち古竜は、食事の必要はないんだが、人化すると食べ物の味もよく分かるみたいで、今では好んで食事を取っている。

「シプル、人手の話は後でしよう。俺もうっかりしてたよ」

「そうですな。この人数の食事をシプル一人では大変でしょう」

「おう。頼むぞ」

俺とセブールが前向きな返答をしたのでホッとしたのか、シプルはキッチンへと戻っていった。

シプルはオオ爺サマの時もそうだったが、古竜を敬いはするが態度は自然体だ。その辺もオオ爺サマに気に入られている。それにヴァイス（白の古竜）、ロッソ（赤の古竜）、ブラウ（青の古竜）、ジョーヌ（黄の古竜）の四古竜が増えても、驚きはしても大して動じていないもんな。オオ爺サマの屋敷の料理人にはうってつけなんだ。

「で、どうしよう？」

「……孤児の中から選びますか？」

俺がセブールに相談すると、少し考えてから提案された。

「ここの孤児院の？」

「いえ、魔王国か西方諸国から選んだ方がいいと思われます」

「それもそうか」

理由ははっきりしている。ここの孤児院の子供たちは、普通じゃないからだ。

ポーラちゃんの求めに応じ、孤児院の子供たちの中で、希望者にパワーレベリングを行ったんだが、幼すぎて無理な子以外全員が希望したんだよな。

そして、結果的にやりすぎた。セブール曰く、西方諸国連合なら十分冒険者としてやっていけるほどに……いや、むしろその強さは一握りのトップクラスに入るレベルらしい。

うん。やりすぎだな。

「でも孤児だと、料理する時の即戦力にはならないよな」

「シプル殿の作業の手伝いだけでも助かると思います。それにこの際、何人か雇い、将来的に料理人となる人間を育てることも必要かと思われます」

「それもそうか。そういや、城塞都市に食べ物屋がなかったのは不自然だったな」

「そうですな」

農地や住居は全部俺が用意したから、移住してきた人たちは、そのまま生活が可能だった。日用品なんかを売る店は、魔王国との交易が始まってからできたし、護衛の冒険者たち用の宿もある。

まあ、その宿屋が食堂を兼ねているとも言えるが、純粋なレストランや食堂はないんだよな。

基本的にこの世界の農民は、外食することが少ない。外食するのは、商人や冒険者、単身者の兵士なんかだ。それで俺も食堂やレストランは後回しにしてた部分がある。

「もしかして、そんな要望があったりする？」

「今のところ、それほどでもありません。農地を与えた者たちは、単身者は少ないですから。ですが、これから人の行き来が増えると、宿の食堂だけでは足りぬでしょうな」

「確かにそうか。そういえば服屋もないな」

「服などは、ダーヴィッド殿下が交易で訪れた時に、古着ですが持ってきていますから。ですが服屋もあった方がいいでしょうな」

「だな、古着屋も絶対必要だよな。この際、この城塞都市の生活面で従実させてみるか」

「いいと思います。旦那様は、主に警備や防備面での対策は立てておられますが、それ以外は最低限でしたからな」

「だよな。孤児院や住民の子供たち用に公園や遊具を作る前に、住んでる人間の日常生活を豊かにしないとな」

城塞都市は上下水道は完備だし、各住居には下水を浄化する魔導具も設置してある。灯りの魔導具も一家庭に最低でも一つ。キッチンにもコンロは魔導具だし、清潔を保つために温水のシャワーも完備だ。

至れり尽くせりだと自画自賛している。

もちろん、盗めばそれなりの金額で売れる魔導具だが、そんな奴はいない。

警備ゴーレムが徘徊し、門を巨大なストーンゴーレムが守る。農地をウッドゴーレムが世話をしているこの城塞都市で、不埒な考えをする者はいない。

ただでさえ、移住の受け入れにはダーヴィッド君の厳しい面接などがあるんだ。問題を起こしそうな奴は最初からいないしな。

そこに加えて黄金竜の滞在や四古竜が頻繁に飛来していたのも大きい。神のごとき古竜が滞在したり飛来したりする場所で、馬鹿な考えを起こすのは、ジーラッド聖国や一部のテロリストだけだ。

随分と話が逸れたが、シプルから頼まれた調理を手伝う人手を探すのと同時に、城塞都市の民度を上げる方向で動こう。オオ爺サマたちも屋敷に閉じこもっているわけじゃないからな。

「じゃあセブール、まずはシプルに頼まれた助手を探そう。それと食堂や古着屋、あとは本屋なんかあっても面白いな。それをダーヴィッド君に相談だな」

「ダーヴィッド殿下に紹介してもらう方がいいでしょうね。私も西方諸国の商人を知らぬわけではありませんが、あまり口を挟むのもよくありませんから」

「だな。俺は先に商店用と食堂用の建物を用意しておくよ」

シプルの助手として働く孤児は、セブールに探してもらうことにした。

俺は建物だけ用意して、後はお任せかな。

十八話　チビ竜パイセン

今日も俺は草原地帯に来ている。

今日はミルとララも一緒だが、二人は城塞都市に着くなり孤児院に行ったからな。ポーラちゃんと遊ぶんだろう。

で、ミルとララがここにいるということは、いつも森の拠点でブラブラしているチビ竜も一緒に来ているということだ。

まあ、オオ爺サマの眷属なんだから、オオ爺サマのいる草原地帯に来るのはおかしな話じゃない。むしろ、普段が自由すぎるくらいだと思う。

で、そのチビ竜なんだが……

『黄金竜の長シャマの第一の眷属であるボクに、後輩のそっちから挨拶がないのはなぜデス！』

なんか、ギータたちに説教をしている。

「あ、あの、我らは、一人でシグムンド殿の深淵の森の拠点まで来るのは命懸《いのちが》けになるのです」

『言い訳はいいデシュ！』

属性竜の経験と知識が形となったドラゴンオーブから生まれた眷属たち、ギータ、グラース、ゲイル、メールが並ぶ前で、小さな羽をパタパタさせて四人の前を行ったり来たりしながら飛んでいるチビ竜。

ただ、一度も挨拶がなかったのに関しては仕方ないと思うぞ。

生まれてから訓練が一番進んでいるギータなら、まあ深淵の森の拠点まででも来れるだろうが、後の三人はもう少し力の使い方を学び、レベルも上がらないと。

竜人たちは、何せ生まれたてみたいなものだからな。それでもギータたちが戦えているのは、ドラゴンオーブに遺された知識や経験のお陰だ。

そもそもオオ爺サマもギータたちを戦闘のために生み出したのではない。身の回りの世話ができる人材として生み出したんだ。

なので、チビ竜とギータたちでは、実際眷属としての格が違うのは確かだ。

創造神が創り出した存在であるオオ爺サマの知識と経験と魔力と竜気から生み出されたチビ竜は、成長すればオオ爺サマや四古竜に次ぐレベルの存在になる。

ギータたちはというと、頑張ればもとの属性竜を超えれるかなって感じらしい。古竜と属性竜の間には、超えられないくらいの差がある。

となると、チビ竜が可愛く威張るのも分かるな。

とはいえ、そろそろ止めてやるかな。

「その辺にしておいてやれば？　流石にみんな、外縁部は余裕だろうけど、森の奥はまだギータくらいじゃないと命懸けだろう」

『シグムンド殿は甘いデシュ！　生まれたばかりデシュが、それでも古竜の眷属なのデシュ！　強さは絶対デシュ！』

チビ竜の基準は厳しいんだよな……

ミルやララが、シロとクロという従魔込みとはいえ、深淵の森の拠点近くを歩けているから余計に厳しくなってるんだろうな。

ちなみに、チビ竜は深淵の森の魔物でも平気だ。

小さいのにブレスは強力だし、その鱗は物理攻撃も魔法もはね返す。流石、古竜の長が分身のように生み出した眷属だけある。

「分かった、分かったよ。でも今日、挨拶できてよかったじゃないか」

『僕が来るのはダメなんデシュ！　コイツらが挨拶に来ないとダメなんデシュ！』

宥めてもまだ騒いでいるチビ竜の上下関係のうるささは、芸人並みだな。

「まあまあ、チビ竜がギータたちを鍛えてやればいいじゃないか。それなら森の拠点にだって、挨拶にでもご機嫌伺いにでも来れるだろ」

『ふみゅ……そうデシュね』

俺がそう提案すると、空中でフヨフヨ滞空しながら考え込むチビ竜。

実はチビ竜がキレている理由は、他にもある。

ここは城塞都市の、オオ爺サマの屋敷の中。この屋敷の存在はチビ竜にも教えていたし、オオ爺サマが人化の術を覚えて暮らしているのも言ってあった。

その流れで、オオ爺サマが、自分の身の回りの世話をする眷属をと、属性竜のドラゴンオーブから竜人を生み出したもの知っている。

南の大陸で残ってたはずの四古竜までが、人化の術を覚えて屋敷でゴロゴロしているとは思わなかったみたいだが、それは長いお勤めご苦労様という気持ちもあるので、チビ竜としては問題ないようだ。

ただ、屋敷にチビ竜の部屋がなかったのがマズかった。

チビ竜は、それは拗《す》ねた。まあ盛大に拗ねて、オオ爺サマのお願いで、俺が部屋を増築するまでそれは続いたんだ。

だがチビ竜はギータたちが、自分よりも先に部屋を確保していたのがまだに気に食わないようで、今の状況となっているわけだ。

とばっちりもいいとこだと思うが、偉そうにチビ竜がギータたちを自分の前に並ばせる。

『で、改めて右から挨拶するデシュ！』

「はい。森の外縁部で訓練している身でありながら、ご挨拶が遅れまして申し訳ありません。もとは火の属性竜だったオーブから生まれた、ギータと申します」

『次デシュ！』

「はい。私はもとは氷の属性竜だったオーブから生まれたグラースです。まだシグムンド殿の森の屋敷付近までは無理でしたので、この場で筆頭眷属様に挨拶が叶い、嬉しく思います」

『うむうむデシュ』

御満悦なチビ竜。

ギータとグラースは真面目だなぁ。チビ竜をちゃんと敬っている。

「やあ先輩！　僕はゲイル。風の属性竜だったドラゴンオーブから生まれた眷属さ。黄金竜様が直々に竜気と魔力から生み出した先輩とは格が違うけど、仲良くしてくれたら嬉しいな。挨拶が遅れたのは申し訳なかったね。流石の僕もあの森はハードルが高いんだよね。でも期待しててよ先輩。すぐに強くなってみせるから」

『ちょっと黙れデシュ！　もう挨拶は十分デシュ！』

「あ、そうかい？」

……ゲイルはゲイルだったな。流石のチビ竜もそれ以上喋るなと挨拶を切り上げさせる。

「では最後に、私がもとは水の属性竜のオーブから生まれたメールです。お見知りおきを」

『ふう、風のヤツ以外はまともだったデシュ』

メールも穏やかで真面目だけど、ゲイルの後だから、その性質が余計に際立つな。

『ちょうどいいデシュ、僕が鍛えてやるデシュ！　ついてくるデシュ！』

そう言ってチビ竜パイセンは、ギータたちを連れていってしまったのだった。

十九話　交渉と手作り靴

そして、数日後。料理人のシプルに頼まれた助手の問題はセブールに丸投げし、俺は今日も農作業や見回りをし、あとはミルやララと遊んでいる。

そんな風にいつも通りやっていると、ダーヴィッド君が近くまで来ているとヤタから報告があった。

「坊ちゃんはご苦労様だな。マスターも少しは労《いたわ》ってやれよな」

「分かってるよ。あと、王子を坊ちゃんって言うな」

「了解、了解。分かってるって。魔王国の奴らが近くにいる時はちゃんとするから」

うーん、適当なヤツ。

まぁ、隠密行動に関してはヤタはピカイチだから心配はしてないが、調子乗りだからな。

しばらくして、ヤタの報告からそれほど時間が経つこともなく、ダーヴィッド君が草原地帯の城塞都市に到着した。

かなり急いだんだろうな。本当にご苦労なことだよ。

その時、俺のところにセブールが来た。

「旦那様、ダーヴィッド殿下が到着したそうで？」

「うん。多分、すぐに面会の申し出があると思うぞ」

「最短で明日の午後から時間を取っておきます」

「それでいいんじゃないか。午後からなら俺も時間はあるし」

「では、そのように」

ダーヴィッド君が間をおかず戻ってきた理由は分かっているので、それほど話が拗《こじ》れることもないだろう。あとはどれだけ竜人族たちの要望に応えるかどうかだ。

早速、ダーヴィッド君、セブール、リーファ、そして俺で会談することにした。

ダーヴィッド君からすれば、俺はいない方が気が楽なんだろうが、こちらの最終決定権が俺にあるというので、俺も仕方なく参加だ。

「わざわざ申し訳ありません」

会談は冒頭からダーヴィッド君の謝罪で始まった。

「いや、そちらこそ蜻蛉返りでご苦労様だな」

「ええ、ダーヴィッド殿下に非はないと思われますな」

「それで今回、僕たちが訪問したのは、交易の機会を増やせないかと相談したくてなんです」

そう切り出したダーヴィッド君に、セブールが確認する。

「竜人族ですな？」

「……はい。年に二回は少なすぎると竜人族からクレームが入りまして」

頷くダーヴィッド君の横で、魔王国側の文官も疲れた表情をしている。

竜人族のお偉いさんに振りまわされているんだろうな。竜人族の奴らって、あまり人の話を聞かなさそうだし。

「とはいえ、交易は不均衡すぎると問題だしな」

「ええ」

俺に同意するセブール。

魔王国から建材や衣料品、細々《こまごま》とした日用品は買っているが、深淵の森から輸出する素材の希少さと比べると釣り合っているわけもない。

とはいえ、俺たちも魔王国のお金が草原地帯に集まりすぎるのは避けたいから、輸入は仕方なくにすぎない。

そういうわけで、単純に交易回数を増やすのは難しいんだ。

「そこで竜人族の長老が持ち出したのが、あの北の僻地でしか採れない高級茶葉なんです」

「そうですな。あの茶葉なら金貨以上の価値はあるでしょう」

「ですよね。セブール殿」

セブールやダーヴィッド君によると、竜人族の地で産出される高級茶葉は、一キロが白金貨一枚で取り引きされるらしい。白金貨一枚は、大体日本円で一千万円くらいの感覚だと思う。

それも、お金を払えば買えるというシロモノではないらしく、実際には百グラムでもいいから手に入れたいと貴族が求めるため、末端ではすごい金額になっているらしい。

「飲んだらなくなる茶葉に、よくそんなに金を出せるな」

「旦那様、それが貴族の見栄でございますから」

「ええ。これでも魔王国の貴族はまだマシなんですよ。いいのか悪いのか、お祖父様の影響もあるのでしょう。我が国の貴族は脳筋が多いですから」

「西方諸国からは、戦争時でさえ竜人族の茶葉を求める声がありましたな」

そんな会話をするセブールとダーヴィッド君。

へぇ、そんなに珍重されてるような茶葉なのか。それを竜人族が交易に出すと言うのなら、俺としては交易回数を増やすのに否やはないな。

「今までは、交易は年に二回。魔王国からは建材や衣類、日用品。こちらからは、小麦と少量の深淵の森の素材と塩をやり取りしていました」

「深淵の森産の素材を多くしすぎると、建材や日用品では釣り合いが取れませんからな」

「はい。どちらかに偏りすぎるのはよくありませんから」

うん、ダーヴィッド君とだと話がスムーズに進むな。

実は、これが可能な魔王国の文官は多くない。実力主義な戦闘狂ばっかりの魔王国は、脳筋の武官が多いからな。

「魔王国としては、深淵の森の素材、特に薬草や薬になる魔物素材が増えるとありがたいと思っています」

「その辺はこちらも問題ないでしょう。ストックも増えることはあっても減ることはないですから」

もともと誰かのパワーレベリングのたびに、大量の素材が貯まっていくからな。ここ最近では、ギータたち竜人の訓練で、いつも以上にストックが増えていたし。

「じゃあ、その辺と加工品を少量にするか。城塞都市の中でも産業は育てないとダメだからな」

「魔物肉の加工品が出せれば面白いのですが、流石に馬車の移動では時間が掛かりすぎますな」

俺が言うと、セブールが意見した。俺の空間収納の中には、膨大な量の魔物肉がストックされているからな。

だが、言われてみれば、確かにナマモノを運ぶには時間が掛かりすぎるか。

「魔王国には、冷蔵の魔導具もありますが、馬車に載せれる量は知れてますからね」

ダーヴィッド君も考え込む。

でも実は、解決方法がないわけじゃない。俺が容量の大きなマジックバッグを貸せばすべて解決する。時間経過も温度変化も関係ない。入れた時の状態を維持するのだから。

ここはダーヴィッド君を信頼してと言うか、ダーヴィッド君に丸投げするか。

「……マジックバッグを貸そう。うん、それがいい」

「おお！　それなら食肉の販売も可能ですな。魔王国も魔物肉の需要ならいくらでもあるでしょう」

「えっ!?　私にマジックバッグをですか？　マジックバッグとは、城の宝物庫にあるようなヤツですか？」

俺とセブールの言葉に、ダーヴィッド君が少し狼狽しているが、マジックバッグなら魔物肉の加工品だけじゃなく、生肉も運んで売れる。

これは進めるしかないな。セブールも乗り気だし。

「よし、早速大きめの鞄を作ってくる」

「旦那様、可能な限り丈夫な革でお願いします」

「了解。ランクが高い魔物の革なら付与できる余白も多いからな」

「………………」

一人言葉を失うダーヴィッド君をよそに、俺は拠点へ転移する。なに、鞄一つ作るだけだから、そんなに時間は掛からないさ。


拠点の工房に転移した俺は、早速鞄の製作にかかる。

鞄はいくつも作っているので、型紙はいろんなパターンがある。

「……このショルダーバッグの形にするか。ダーヴィッド君も持ちやすいだろうしな」

手持ちの革の中から適当な一枚を取り出し、型紙通りに線を引く。作業台で線に沿って革を切る。

この辺りは手慣れたものだ。服なんかはリーファとブランとノワールに任せることが多いが、みんなの装備を含めて革細工は俺がすることが多いからな。

切り出した革を縫うのは、俺が作った足踏みミシン。革用なので針も特別頑丈にしてある。

「補強に金具をつけて、使用者限定のための魔石を取りつけてっと、完成かな」

容量は体育館程度だが、時間停止を付与してあるから役に立つはずだ。

高級な茶葉も、輸送の環境が悪いと味が落ちるかもしれないしな。

鞄自体にも強化の魔法を付与し、防汚もつけておいた。長く使えるに越したことないからな。


できあがった鞄を持って早速転移する。

「うわっ⁉　シ、シグムンド殿っ！」

「旦那様、流石お仕事が早いですな」

「ああ、鞄一つ作るだけだからな。ほら、ダーヴィッド君」

「へっ⁉」

俺はダーヴィッド君に鞄を投げ渡す。

「それなら魔物肉の加工品も、生の肉も持ち帰れるぞ」

「こ、これは……マジックバッグ⁉」

「なに、容量はそこそこ。時間停止は必須だからつけたがな」

「旦那様、ちなみに容量は？」

「倉庫一つくらいかな」

「確かにそこそこの容量ですな」

ダーヴィッド君が驚いているが、この程度、ミルやララでも持っている。

「そ、そんな、こんな短時間で……しかも父上が持つマジックバッグよりも高性能なものを……」

「時間がなかったから、細かな部分は手抜きだけど、マジックバッグとしての機能は間違いないぞ」

今回、時間がなかったので、金具は以前作ったありものだし、革にも細工することなく、どシンプルな鞄だ。

ただその分、頑丈に作ってある。

「魔王国は細やかな装飾など見もしない人間が多いですから、むしろ無骨を好みます」

セブールが言うように、魔王国向きと言えばそうなんだろうな。

「いえ、問題はそこじゃなくって、こんな国宝級のマジックバッグなんて怖くて使えませんよ！」

俺とセブールの話に入ってくるダーヴィッド君。

どうやら魔王国では、高性能なマジックバッグがないみたいだ。

この程度のマジックバッグなら売るほどあるぞ？　それにもう少し容量は小さいが、ボルクスさんにも渡してある。魔王国の王子なんだから、あの程度のマジックバッグを持っていてもおかしくないだろうに。

「いや、大袈裟だな。それにそれは俺からのプレゼントだ。これで生の魔物肉も持って帰れるぞ」

「ダーヴィッド殿下、諦めてください。旦那様にとって、この程度のマジックバッグは、幼な子にプレゼントするものと同程度ですから」

「とにかく、これで竜人族の高級茶葉と魔物素材の交易が成立するな」

「はい。今までは皮や骨、あと少量の薬草類しか取り引きしていませんでしたから」

「い、いえ、そうじゃなくて……」

「まあ、とりあえず、ダーヴィッド君の魔力を登録してしまおうか」

「そうですな。ダーヴィッド殿下。次回、殿下以外にも登録するのであれば、一度連れてきてください」

「あ、ああ、はい……」

三人でそんな風に話していると、ダーヴィッド君はもう諦め気味だ。なら、ついでに素材でももらってもらうか。

「ダーヴィッド君、加工品はこっちも準備が必要だから無理だけど、欲しい素材はあるかな？」

「ああ。鎧や馬具に使える革は大量にストックしてありますからな。魔王国軍の装備の質が上がること間違いありませんよ」

「よし、武器防具に使えそうな素材をまとめて突っ込んでおくか」

「解体が終わっていないものを、ある程度まとめて引き取ってもらってはどうでしょう」

「そうだな。解体も手間だから、俺の空間収納に放り込んだままのが山ほどあるしな」

俺の言葉を聞いて、セブールもとうとう引き取ってもらうとか言いだした。

まあ実際、邪魔だからな。俺の空間収納なら、ほぼ無限に収納できるが、収納してあるものの把握が大変すぎる。

そして魔物素材はといえば、このところのギータたちの訓練もあり、増えることはあっても減ることはない。ので、現状魔王国で買ってくれるなら万々歳だ。

「あ、あの……」

ダーヴィッド君が何かを言おうとするけど、俺とセブールはどんどん話を進めていく。

「セブール、確かミルとララのマジックバッグにも、結構素材のストックあったよな」

「はい。ちょうどいいお小遣いになるでしょう」

ミルとララやルノーラさんにあげたのは、アクセサリー型のマジックバッグだけど、素材の金属が一級品なので、ダーヴィッド君に渡したマジックバッグよりも性能は上だ。

ミルとララは、拠点の周辺でクロとシロを連れて狩りをするので、彼女たちも魔物素材はたくさん持っている。

とりあえず、俺の空間収納と影収納から、渡しても問題なさそうな魔物素材を適当にダーヴィッド君の鞄につめ込む。

あまり高位の素材だと魔王国も困るだろうからな。

さあ、ダーヴィッド君が呆然としてるけど、とりあえず見送ろうか。

◇

ダーヴィッドは、交易回数を増やすことが決まったとの知らせを持ち帰るべく、魔王国へ急ぎ戻っていた。

もちろん、先に使い魔を飛ばし、父親たちへの報告を前もって行っている。

草原地帯からの知らせということで、魔王ヴァンダード、宰相デモリス、文官の長アバドン、武官の長イグリスというといういつもの重鎮メンバーが集まった。

デモリスは招集の理由を分かっているので、念のためヴァンダードに確認する。

「ダーヴィッド殿下から報告ですかな？」

「ああ、とりあえず、交易回数の件は了承された」

「ほぉ、竜人族からの高級茶葉はともかく、我らは建材や日用品しか出せませんが、その辺りはどう話がついたのでしょう？」

デモリスが気になるのは、やはり交易で魔王国が売れるモノだ。

「その辺りは、交渉する必要があるだろうな」

「建材もしばらくは需要がありますが、開発が一段落すると先細りですからね」

ヴァンダードに続いてアバドンが言うように、人が増えて多くの建材が必要なのは一時だ。人の増加が落ち着くと、別の交易品を探さないといけない。

「草原地帯からは、深淵の森の素材……特に魔物肉をと提案されたようだ」

ヴァンダードが言うと、アバドンやイグリスが困惑する。

「いや、魔物肉は分かります。深淵の森に住む魔物の肉ですから、その需要は高いでしょう。いや、高いというより、貴族や裕福な層から取り合いになるほど。しかし、草原地帯と魔王国は遠い」

「ああ、馬車を使わず馬で駆けるわけにもいくまい」

確かに高ランクの魔物肉は癖がなく美味しい。貴族や豪商は我先にと求める。だが、加工した魔物肉ならまだ分かるが、草原地帯にそんな工房はない。高ランクの魔物肉は腐りにくいが、それでも腐らせずに運ぶには、魔王国と草原地帯は離れている。

「シグムンド殿が、ダーヴィッドにマジックバッグを預けてくれたようだ」

「「「…………」」」

ヴァンダードの追加の情報に、その場の三人が固まる。

「シグムンド殿がマジックバッグをですか……」

「はぁ、ということは、時間経過のないマジックバッグなのですね」

「オイオイ。そんなのこの城の宝物庫に入っているようなのじゃないか。そんなのを預けるって……」

容量が大きいマジックバッグは、魔王国内のダンジョンからいくつか得ているが、アバドンが言うように、時間経過のないタイプは宝物庫に一つ保管してあるだけだ。

魔族にも魔法使いタイプの種族はいるので、その中に時空間魔法に適性を持つ者はいたが、魔王国での魔法の価値は攻撃魔法にある。生産系の魔法使いは極端に少なく、ダンジョンに頼ることなく自前で作ろうとする者はいない。

ちなみにこれは西方諸国も似たようなもので、生産系の魔法を使うのは、エルフやドワーフがほとんどだった。

「マジックバッグはシグムンド殿の自作らしい。一日も掛からず作ってよこしたそうだ」

「……その気になれば、天地創造もしそうな御仁ですからな」

「……シグムンド殿なら簡単に作れるんでしょうね。ええ、魔王国や西方諸国ではダンジョン頼りですがね」

「まあ、高ランクの魔物肉が新鮮なまま手に入るんだから、ここは喜ぼうや」

魔王国では国宝級のマジックバッグが、シグムンドにより片手間に作られたと伝えられると、デモリスは考えることを放棄した。もう岩山や城を一瞬で作るシグムンドならなんでもありだと諦める。

アバドンもシグムンドならもう考えるだけ無駄だと、デモリス同様、深く考えるのをやめる。

イグリスはその点能天気だ。実際に一番シグムンドと会っているだけあり、あの人ならなんでもありだと理解し、そのマジックバッグで得られる魔物肉に意識が向いている。

「だが、イグリス、流石に商業ギルドや冒険者ギルドに話を通さんといかんのではないのか」

「……商業ギルドは噛ませろと言うだろうな。錬金術師ギルドや薬師ギルドも黙ってはいまい」

デモリスがそう言うと、アバドンも頷いて指摘した。

「面倒くせぇ」

イグリスは思わず顔を顰《しか》めて吐き捨てる。

商業ギルドや冒険者ギルドなどの組織は、どの国の支配も受けない組織として大陸中にネットワークを持っている。魔王国と西方諸国との争いの終戦後、魔王国にも冒険者ギルドが進出しているし、戦争中も商業ギルドの支部はあった。

そこでヴァンダードが口を開く。

「ダーヴィッドが戻るタイミングで、冒険者ギルド、商業ギルド、錬金術師ギルド、薬師ギルドと竜人族の長老を呼んで会合を開こう。草原地帯にはどのギルドも進出していないが、下手な人間を送り込むわけにはいかんからな。」

「そうですな。まったく西方諸国やギルドに利益を与えぬわけではありませんが、どこぞの馬鹿がシグムンド殿を怒らせてはたまりませんからな」

「ちょうど、草原地帯の件で、商業ギルドから何度も問い合わせがありますし、この機会に説明と釘刺しも必要ですね」

ヴァンダードがそう決め、デモリスやアバドンもそのことに否やはない。シグムンドの機嫌を損なうような真似は避けたいのは、ここにいる全員の共通の思いだ。

その後、魔王国の重鎮たちは、各種ギルドへ緊急の会合を持ちたいと連絡を入れる。

魔王ヴァンダードは難しい舵取りに頭を痛める。各ギルドは、国を超えた組織を謳《うた》ってはいるが、相応に後ろ盾となる国や有力者がいるのだ。

一筋縄でいかないだろう会合を思うと気が重くなるのは仕方ない。

◇

俺――シグムンドは気配を隠匿し、魔王国の偉いさんたちのやり取りを覗いていた。

これから交易の話になり、うちの素材や肉と、茶葉との取り引きの話になるはずだが、大事な茶葉がどうなるか、早く結果を知りたいのは当然だから仕方ない。

さて、交渉の行方をコッソリ覗き見するとしますか。

不死王はスローライフを希望します
1・2
原作 小狐丸
漫画 小滝カイ
最強バンパイア
魔境でのんびり
生産力を極めます

不死王はスローライフを希望します
1
2
小狐丸
小滝カイ
最強チート×お人好しバンパイア
開拓生活を
スローライフ
満喫中です

いずれ最強の錬金術師？
SOMEDAY WILL I BE THE GREATEST ALCHEMIST?
1~15
小狐丸
KOGITSUNEMARU
地味～な生産職志望の僕に付与されたのは、
聖剣から空飛ぶ船まで、
何でも造れる最強スキル
錬金術!!
コミックス
1～6巻
好評発売中!
1～15巻
好評発売中!
勇者召喚に巻き込まれ、異世界に転生した僕、タクミ。不憫な僕を哀れんで、女神様が特別なスキルをくれることになったので、地味な生産系スキルをお願いした。そして与えられたのは、錬金術という珍しいスキル。まだよくわからないけど、このスキル、すごい可能性を秘めていそう……!? 最強錬金術師を目指す僕の旅が、いま始まる!
◉各定価:1320円(10%税込)
◉Illustration:人米
◉各定価:748円(10%税込)
◉漫画:ささかまたろう　B6判

異世界ゆるり紀行
～子育てしながら冒険者します～

1~15
水無月静琉
Minazuki Shizuru
シリーズ累計110万部突破!!

(電子含む)

2024年待望のTVアニメ化!

1～15巻好評発売中!

コミックス1～8巻好評発売中!

子連れ冒険者ののんびりファンタジー!

神様のミスで命を落とし、転生した茅野巧。様々なスキルを授かり異世界に送られると、そこは魔物が蠢く森の中だった。タクミはその森で双子と思しき幼い男女の子供を発見し、アレン、エレナと名づけて保護する。アレンとエレナの成長を見守りながらの、のんびり冒険者生活がスタートする!

転生したら、双子を保護しました。

子連れ冒険者の異世界のんびりファンタジー!

転生したら、幼い双子を保護しました。

シリーズ累計15万部!!

◉各定価:1320円(10%税込) ◉Illustration:やまかわ
◉漫画:みずなともみ B6判 ◉各定価:748円(10%税込)

転生して生まれ落ちたのは、

ほっこり家族!

家族愛に包まれて、チートに育ちます!

家族みんなが俺に甘い!

孤児として育ち、もちろん恋人もいない。家族の愛というものを知ることなく死んでしまった孤独な男が転生したのは、愛されまくりの貴族家次男だった!?　両親はメロメロ、姉と兄はいつもべったり、メイドだって常に付きっきり。そうした過剰な溺愛環境の中で、0歳転生者、アレスはすくすく育っていく。そんな、あまりに平和すぎるある日。この世界では誰も使えないはずの氷魔法を、アレスが使えることがバレてしまう。そうして、彼の運命は思わぬ方向に動きだし……!?

●定価：1320円（10%税込）　●ISBN 978-4-434-33111-4　●illustration：たらんぼマン

この作品に対する皆様のご意見・ご感想をお待ちしております。

おハガキ・お手紙は以下の宛先にお送りください。

【宛先】

〒150-6008東京都渋谷区恵比寿4-20-3恵比寿ガーデンプレイスタワー8F
（株）アルファポリス　書籍感想係

メールフォームでのご意見・ご感想は右のＱＲコードから、
あるいは以下のワードで検索をかけてください。

アルファポリス　書籍の感想　検索

ご感想はこちらから

本書はWebサイト「アルファポリス」（https://www.alphapolis.co.jp/）に投稿されたものを、改稿、加筆のうえ書籍化したものです。

不死王《ふしおう》はスローライフを希望《きぼう》します５

小狐丸《こぎつねまる》　著

２０２３年１２月３１日初版発行

編集－田中森意・芦田尚
編集長－太田鉄平
発行者－梶本雄介
発行所－株式会社アルファポリス
〒150-6008東京都渋谷区恵比寿4-20-3恵比寿ガーデンプレイスタワー8F
TEL 03-6277-1601（営業）03-6277-1602（編集）
URL https://www.alphapolis.co.jp/
発売元－株式会社星雲社（共同出版社・流通責任出版社）
〒112-0005東京都文京区水道1-3-30
TEL 03-3868-3275
イラスト－高瀬コウ
URL http://koutakase.net/
デザイン－AFTERGLOW
印刷－中央精版印刷株式会社

価格はカバーに表示されてあります。

落丁乱丁の場合はアルファポリスまでご連絡ください。

送料は小社負担でお取り替えします。


ISBN978-4-434-33115-2 C0093